世界少年经典文学丛书

最后一课

[法]

赵

中国出版集团 现代出版社

图书在版编目(CIP)数据

最后一课 / (法) 都德 (Daudet,A.) 著 ; 赵喆编译. —北京 : 现代出版社, 2013.2 (2025.1重印)

ISBN 978-7-5143-1291-1

Ⅰ. ①最… Ⅱ. ①都… ②赵… Ⅲ. ①短篇小说-小说集-法国-近代 Ⅳ. ①I565.44

中国版本图书馆 CIP 数据核字 (2013) 第 021788 号

作　　者	都　德
责任编辑	刘春荣
出版发行	现代出版社
通讯地址	北京市安定门外安华里 504 号
邮政编码	100011
电　　话	010-64267325　64245264(传真)
网　　址	www.xdcbs.com
电子邮箱	xiandai@cnpitc.com.cn
印　　刷	三河市嵩川印刷有限公司
开　　本	700mm×1000mm　1/16
印　　张	9
版　　次	2013 年 2 月第 1 版　2025年 1 月第 4 次印刷
书　　号	ISBN 978-7-5143-1291-1
定　　价	39.80 元

序　言

孩子是未来的希望，是父母心中的天使，是充满快乐的精灵。小学阶段更是孩子最快乐的时光，是孩子成长发育的黄金阶段。为了让孩子学习更多的课外知识，享受更加丰富的学习乐趣，我们策划了本丛书！

从小让孩子多读课外书，对培养孩子健康的心态和正确的人生观无疑将起着非常重要的作用。自《语文课程标准》公布以来，不少富有敬业精神、有才干的教师，在他们的教学中，担当起阅读教育的重担。他们在严谨的选材中，利用丰富的文学资源，向学生推荐了大量优秀的课外读物，实施了以“练成阅读和作文的熟练技能”为重要内容的阅读教育。大千世界充满了丰富的知识。阅读能丰富小学生的语文知识，增强阅读能力，提高写作水平，开阔视野，增长智慧。阅读本丛书，能够使孩子享受到阅读的快乐，激发起更浓厚的阅读兴趣，孩子的生活将充满新的活力与幸福！本丛书精选了世界名著和中国经典书目中流传最广、影响最大、最脍炙人口的作品，是培养小学生理解能力、记忆能力、创造能力的最佳课外读物。

最后需要指出的是，本丛书把世界上流传甚广的经典童话、寓言等也尽收其中，并将这些文学作品重新编写审订，使作品在不影响原著的基础上更适合少年儿童阅读，在丰富他们课余生活的同时提高语言和文字表达能力。本丛书通过科学简明的体例、丰富精美的图片等有机结合，使小读者不仅能直观地领略作品的精髓，而且还能获得更为广阔的文化视野和愉快体验。希望本丛书能成为孩子生活的一缕阳光照亮孩子前进的道路，能成为一丝雨露滋润孩子纯净的心灵。

编　者

目　录

最后一课

这天早晨我去上学，去得很晚，还没来得及到学校，心里就害怕阿迈尔先生骂我，更何况他说要考问我们分词，但我连一个字也说不上来。我突然想到逃学算了，到野外去玩玩岂不更好。

天气竟然是那么暖和，多么晴朗的好天气啊！

一路上可以听见乌鸦在林子边鸣叫，锯木厂后边的草地上，一群普鲁士士兵正在操练。这些景象，可比分词规则有趣多了，但是我还能管得住自己，提脚迅速向学校的方向跑去。

走过镇公所的时候，我看见许多人聚集在布告牌前面。这两年来，我们所有的坏消息几乎都是从那里传出来的：打了败仗啦，军事征用啦，司令部公布的各种命令啦。我虽然没有停下来，可是心里却不禁想：

“又出什么事情了？”

铁匠瓦赫特尔和他的学徒也挤在那里看着布告，当看见我从广场上跑过时，就朝着我大声嚷道：

“小家伙，不用那么快呀；今天去学校再晚，也不会迟到的！”

我一听就知道他在拿我开玩笑，于是上气不接下气地匆忙赶到阿迈尔先生的小院子里。

平日里，学校开始上课时，总会有一阵喧闹，有时甚至在街上也能听见。课桌有的打开着，有的关上了，怕吵大家就捂着耳朵大声地背书啦，还有就是老师拿着大铁戒尺在桌子上紧敲着：

“安静一点，安静一点……”

我本打算就趁着那一阵喧闹偷偷地溜到自己的座位上，但是出乎意料的是偏偏这一天一切都是那么的安静，如同是星期日的早晨一般。从开着的窗子望进去，只见同学们都整整齐齐地端坐在自己的座位上；平日里严肃的阿迈尔先生呢，腋下挟着那把可怕的大戒尺，来来回回地踱着步子。我只能无奈地推开教室的门，在众目睽睽下走过静悄悄的教室，你们可以想象一下，当时我的脸有多红，心里有多害怕！

但是很奇怪，一点儿也没有什么事儿。阿迈尔先生看见我，并没有想象中的生气，却是口气挺温和地对我说道：

“快点坐好，小弗朗士，你要是再不来的话，我们就要上课了。”

我从凳子上跨过，立刻在自己的课桌前坐下。等到心稍微平静了一点儿，我才注意到，阿迈尔老师今天穿上了他那件蛮帅气的绿色长礼服，还打着绉边的领结，头上也戴着那顶绣花的无边小黑丝帽。这一套衣帽，他只有在督学来视察及学校发奖的日子才穿戴出来。此外，我发觉整个教室有一种不同寻常的庄严气氛。最令我吃惊的是，后面几排向来空着的长凳上坐着一些镇上的人们，他们和我们一样肃静。这中间有戴着三角帽的老奥赛，有以前的镇长，有从前的邮递员，另外还有一些其他的人。他们看上去一个个都面带愁容，而且老奥赛居然还带着一本页边破损的旧识字课本，他将书打开，平放在膝头上，书上还横放着他那副大大的眼镜。

正当我对这一切感到无比诧异时，阿迈尔先生就登上了讲台，像刚才和我说话一样，他用柔和却又不失严肃的嗓音对我们说：

“亲爱的孩子们，这将会是我最后一次给你们上课。因为柏林刚来了命令，从今往后阿尔萨斯及其洛林的学校一律只准许教授德语……新老师明天就会到这里了。今天将会是你们所上的最后一堂法语课了。我真心地希望你们都能认认真真听讲。”

这短短的几句话把我彻底震惊了。啊！那些坏家伙！原来张贴在镇政府门前的居然是这个坏消息！

这是我最后一堂法语课啊！……

但是我却连字都不会写！这么说来，也就是我以后再也不能够学习法语了！我的法语也就到此为止了！……现在想来，我是如此后悔从前浪费了那么多时间，愧疚曾经逃课去掏鸟窝，去萨尔河上溜冰！我的那些课本——语法书啦，圣教史啦，就在刚刚还是那么地令人厌恶，背在身上是如此地沉重，但是此刻它们却像我的老朋友一样，让我觉得难舍难分。

还有我们亲爱的阿迈尔先生，一想到他将要离去，以后再也不能见到他了，我就顿时忘记了过去所受的所有处罚和手上所挨的戒尺。

多可怜的人啊！

原来，他是为了给我们上这最后一堂法语课，才穿上了这套漂亮的盛装。到现在，我终于明白了为什么镇上许多老人们此刻都静静地坐在教室的后面。他们这样做的原因，似乎是在后悔过去没有能够经常到学校来上课；却也好像是在向这位为我们努力工作了整整 40 个春秋的老师表示衷心的感谢，也在向离去的祖国表示自己的敬意……

我就在这样的课堂上胡思乱想着，忽然听见老师在叫我的名字，该轮到我背书了。但是假如我能从头至尾把这条大家都熟知的分词规则响亮清楚、不出一点点差错地背诵出来，真的，不管付出什么代价我都愿意！可糟糕的是，头几句我就搞乱了。站在凳子前，我的身体开始左右摇晃，心里极度难受，连头都不敢抬起来。却只听见阿迈尔先生如此对我说：

“我不会责怪你的，小弗朗士，你受到的处罚已经够多了……事情就是如此的。我们大家每天都在对自己说：‘算了吧，我的时间多的是。明天再学也行。’现在你们看看所发生的事情……啊！对于我们阿尔萨斯来说，最大的不幸就是总把对孩子的教育拖延到明天。所以现在那些傲慢的人有权利对我们说：‘怎么？你们声称自己是法国人？可是你们却连自己国家的语言都不会说、都不会写！’可怜的小弗朗士啊，在这一切的一切中，过失最大的却还不是你，我们每个人也都有很多该责备自己的地方。

“你们的父母大多数并不关心你们的教育。他们宁可选择把你们送到纱厂和地里干活，这样还可以帮他们挣几个钱。而至于我，难道就没有任何可以指责的地方吗？我不是也经常让你们丢掉学习，帮我在花园里浇灌花草树木吗？当我想要去钓鳟鱼的时候，难道我不是也毫不犹豫地给你们放假吗？……”

就这样，阿迈尔先生由一件事谈到另一件事，接着又开始对我们谈论法语。他说道法语是世界上最有魅力的语言。它最清晰、最严谨，我们应该要好好掌握它，永远不要忘记它。这是因为，当一个民族沦为奴隶的时候，只要牢牢掌握好自己的语言，就等于掌握了打开自己牢房的钥匙……接着，他拿起一本语法书，开始为大家朗诵课文。可使我感到惊奇的是，我理解的是那么的透彻，他讲的一切都让我觉得很容易、很简单。我不禁寻思，我感觉我从来没有如此专心地听过课，而他似乎也从未如此耐心地讲解过。简直可以这样说，这可怜的人似乎是想在他离开前，把他所知的学问都教授给我们，一股脑儿灌进我们的脑子里。

语法课刚一结束，我们就开始上习字课。今天，阿迈尔先生特别给我们每人都准备了许多新字帖卡，卡上用漂亮的圆体字写着“法兰西，阿尔萨斯，法兰西，阿尔萨斯”。这些字贴卡被阿迈尔先生整齐地挂于课桌的横杆上面，如同一面面迎风招展的小国旗，在教室的每个角落里到处飘扬。每个人都是如此的全神贯注，教室里安静的可怕！除去笔尖在纸上磨擦所发出来的沙沙声，几乎其他什么声音都听不见。间或，会有几只金龟子从窗外飞进来；可是已经没有人再去注意它们了，甚至在我们中连年龄最小的学生也不例外，他们都在全神贯注地练习写“直杠”，那么地认真，那么地自觉，就好似这些笔画也都成为了法语不可或缺的一部分……教室的屋顶上，一大群鸽子正在低声咕咕地叫，我一边听一边想：

“他们应该不至于逼迫这群鸽子用德语来歌唱吧？”

我时不时地从书本中抬起双眼，只看见阿迈尔先生丝毫不动地坐在讲台后面，注视着周围一切东西，似乎是要把学校这幢小房子里所有的东西都塞进自己的眼睛里一并带走似的……

请您试想一下，这40年来，他一直都坐在这个位置上。在面前的是他的院子，还有一直一成不变的教室。只有教师里的凳子和课桌因为使用得太长太久，被磨得越发光亮了；院子里的胡桃树已经长高了，他亲手种下的啤酒花如今也已经爬满了窗户，不知不觉中已爬上了屋顶。这个可怜的人就要跟眼前所有的一切说再见了，听着他妹妹在楼上房间里来来回回走动、整理行李的声音，他是多么伤心多么难过啊！因为明天他们将要动身，永远离开这个地方了！

可是他最终还是很有勇气地给我们上完了课。写字课结束以后，我们又上了一堂历史课；后来接着，年龄最小的孩子们开始一起唱着念“ba，be，bi，bo，bu”。就连教室后面的老奥赛也戴上了他的眼镜，双手捧着破旧的识字课本，同那些小孩子们一起诵读。可以看得出来他也是十分专心的；他的嗓音可能是因为激动的缘故显得有些颤抖，听起来让人觉得是有点儿怪异，使得我们每一个人都既想笑又想哭。啊！我将永远地记住这最后一课……

忽然，教堂里的钟声敲响了 12 下，紧接着祈祷的钟声也响了起来。此时此刻，普鲁士士兵出操归来的军号声也一同在我们的窗外猛然吹响……阿迈尔先生从讲台后的凳子上站了起来，一瞬间脸色惨白。在我看来，他似乎从来没有显得如此高大过。

“我的朋友们，”他激动地说道，“我亲爱的朋友们，我……我……”

但是，他的喉咙好似被什么东西堵住了，没能再继续把未说完的话说完。

这时，他突然转身朝向黑板，顺手拿起一支粉笔，用尽全身的力气，尽可能大地写下了几个大字：

“法兰西万岁！”

随后，他斜着身子站立在那里，头靠着墙，静静地一言不发，最后只是向我们做了个手势：

“下课了……你们都可以走了。”

围攻柏林

我和V……医生一起沿着香榭丽舍大街向上坡道走去。一路上我们向那些已被炮弹轰炸得千疮百孔的墙壁和被霰弹荼扫得坑坑洼洼的人行道，探索巴黎在被围困时期那段让人难以忘怀的历史。

就在我们即将到达星形广场时，医生突然停下了脚步，指着前面那些簇拥在凯旋门周围街角上的显得富丽堂皇的高楼大厦中的一幢对我说：

“您看到有一个阳台上四扇窗户都关着吗？在去年8月的月初——就是那个令人可怕的8月，当时到处动荡不安、多灾多难，我则被请到那里去医治一个突然中风的病人。病人是一个叫儒弗的上校，他曾经是第一帝国的一名胸甲骑兵，同时也是一个把荣誉和爱国精神视得比生命还重的老顽固。战争刚开始，他就搬到了香榭丽舍大街一套带有阳台的公寓住了下来……您猜猜这是为什么呢？他是为了要从阳台上目睹法国军队凯旋归来的盛况……唉！可怜的老人呀！当维桑堡惨败的消息传过来时，他刚吃过饭离开餐桌。就在他看到战败公报上面拿破仑的名字时，如同是遭了雷击般的突然倒了下去。

“当我看到这位老兵时，他就直直地躺在房间的地毯上，满脸都是鲜血，一动也不动，好似头上被挨了一棒。我想他站立起来的时候一定很高大；因为就是躺在地上，他也显得很魁梧。他相貌英俊潇洒，一口牙齿整齐洁白，满头白发微微卷曲着，80岁左右的年纪，看上去让人觉得似乎只有60多岁……他孙女跪在他的身边，已经泣不成声。一眼看去她和她爷爷长得很像。他们两人如果站在一起，您一定会说他们就像是用同一个模子刻出来的两枚精致的希腊钱币，只是一枚年代比较久远些，色彩较为暗淡些，表面稍微有些磨损；而另一枚则是光彩夺目，纯净清晰，完完全全保持着刚从模子里冲出来时的光泽和平滑质感。

“那孩子的悲恸触动了我。她父辈和祖辈都是军人出身。父亲就在麦克马洪的参谋部任职。躺在她身侧的这位身材魁梧的老人，可能让她想到了另一幅可怕的画面。我尽力去安慰她，但是说实话，我并没有抱太大的希望。老人患的是比较典型的偏瘫症，一个 80 岁的老人得了这种病是很难治愈的。实际上，就在接下来的三天时间里，老人一直都处在昏迷状态中，一动不动地……

“就在这个时候，有关雷舍芬的战事消息传到了巴黎。不知道您是否还记得那有多么离奇。一直到晚上，几乎我们所有人都相信打了胜仗，两万普鲁士士兵都被歼灭，王储被俘虏……我不清楚这举国欢腾的回声是用什么样的方式、怎么通过磁波电流，传到瘫痪病人的病榻、传到这位可怜的老人耳朵里的；可是不管怎么说，当那天晚上，我来到他床头时，却发现他与前日完全不同了。眼睛里闪烁着明亮的光芒，舌头也不再那么僵硬了。他甚至有力气朝着我微笑，并且结结巴巴地对我说了两遍：

“‘胜——利——了！’

“‘对呀，上校，我们打了一个大胜仗！……’

“我把麦克马洪取得的光辉胜利详详细细地讲给了他听。慢慢地，就看见他的眉头舒展开来，苍白的脸上也放出了光芒……

“当我从房间走出来时，那姑娘正站在门外等着我，她的脸看着如此苍白，并且不断抽泣着。

“可是他得救了！我握着她的手说道。

“可怜的姑娘几乎没有一丝勇气来回答我。人们刚得到雷舍芬的真实战事：麦克马洪战场上落荒而逃，法国军队则是一败涂地……我俩面面相觑，沮丧无比。一想到她的父亲，她就悲痛欲绝。而我则是想到了这个老人，内心感到无比担忧。他一定经受不了这样沉重的打击……可是，又能怎么办呢？……现在可以做的只能是让他留住他的快乐，就是那些能让他重新活过来的幻觉！……可是这就意味着要对他有所欺骗……

'好吧，就让我来对他撒这个谎！'勇敢的姑娘立马擦干眼泪，认真地对我说。

紧接着，她神采奕奕地走进了爷爷的房间里。

"她肩上所承担的是一项非常艰巨的任务。刚开始的几天里她还能应付过去。那时候老人的脑子糊涂，就像孩子一样十分容易哄骗。可是随着身体的慢慢康复，他的思维也越来越正常。女孩必须将双方军队的调动情况告诉他，为他制造一些战时报道。这位漂亮的姑娘真是令人钦佩不已，她日日夜夜伏身在德国地图前，用小旗子在上面插地满满的，竭尽全力编造一次次胜利的战役：一会儿巴赞在向柏林进军，一会儿弗罗萨尔在向巴伐利亚挺进，一会儿麦克马洪已经打到了波罗的海。她所有的'报道'都询问过我的意见，而我也尽可能地帮助了她。但是，在这个虚构进军的进程中，给我们帮助最大的，却还是她爷爷自己。在第一帝国期间他曾经多次征战过德国！他对所有的行动都能预先知道：'下一步他们将要攻打……他们会这样行动……'他的每一个预言都将成为现实，这不可否认使他更加倍感自豪。

"可是不幸的是，纵使我们攻城掠地，战无不胜，都于事无补。这个老人简直是太急功近利了！每天到他家的时候，我总可以听到又一个新的战果：

"'医生，我们已经占领了美因兹。'小姑娘伤心地笑着跑出来迎接我。

"这时我就听见一个高兴的声音隔着门传过来：'太棒了！太棒了！……再过 8 天，法军就要进攻柏林了。'

"富有戏剧性的却是，此时，普鲁士人离巴黎也就只有 8 天的路程……起先，我们想把他送到外省去是不是会更好一些；但是，一旦出去了，他就会立刻知晓法国的所有情况，我认为他目前还太虚弱，上一次的打击给他造成了相当严重的后果，所以绝对不能让他知道战役的真实情况。因此我们还是决定让他继续留在巴黎。

“我还清楚地记得，巴黎被围的第一天，我去他家帮他治疗。那时巴黎的所有城门都被关闭了，敌人早已经攻到城下，郊区成了我们的边界，这一切无不令我们大家感到焦虑不安。可是我却瞧见老人坐在床上，既兴奋无比，又骄傲自豪。

“‘你瞧，’他对我说道，‘攻城终于开始了！’

“我惊讶地望向他：

“‘怎么，上校，您都知道了？……’

“他的孙女转过身朝向我，说：

“‘对呀，医生……这可是一条十分了不起的消息呢……围攻柏林开始了。’

“她一边说，一边做着手里的针线活，神态是如此的从容、如此的平静……

“他怎可能会产生疑惑呢？轰轰隆隆的炮声，他是听不见的；阴森可怖、动荡不安的不幸巴黎，他也是看不见的。从床上他所能看见的，只是凯旋门的一个侧面罢了；他的卧室里，几乎全都是第一帝国时期的旧物，元帅的肖像画、一些描绘有战斗场面的版画、身着婴儿长袍的罗马王；还有一张张靠墙放着的并且有铜镂战利品饰的大条桌，桌上陈列着帝国时期的纪念品；还有一些勋章、青铜器；还有一块圣赫勒那岛上的石头，用玻璃罩精心罩着；一个女子的油画，她头发微微卷起，眼睛清澈明亮，上身穿着灯笼袖的舞会盛装，下身穿着黄色裙子。

“所有的这一切——元帅、罗马王、条桌和身着高腰黄裙、腰带高束的女子，同1806年被指为是时尚优雅的耸肩缩颈的呆板服饰……英勇无敌的上校呀！这胜利和征服的气氛，似乎比我们的话更具有力量，更让他这样天真地相信了柏林被围攻的谎言。

“从现在开始，我们的军事行动就变得简单多了。攻克柏林仅仅只是时间上的问题。有的时候，在老人感到孤独无聊之际，我们就会给他读一封儿子的来信，这信无可非议是编造出来的，因为现在任何东西都不可能进入巴黎；再说了，麦克马洪的副官——也就是老人的儿子，在色当战役结束后不久，就被押送到德国的一座要塞。您可以想象一下，可怜的女孩在失去父亲的音讯后，会是多么地伤心绝望；她知道父亲被俘虏了，就如同失去了一切，也许还在生病中，可是不得不让他在这欢庆的信中说话。信一般都很短，但同那些驰骋战场、趁胜追击的战士所写的短信是一样的。有的时候，她再也不想写信了，老人便好几个星期都没有儿子的消息，他就变得焦急起来，夜晚也不能好好睡觉。每当这时，从德国就会很快有一封信寄过来，她就会立刻去老人的床边，强忍着眼眶中的泪水，装作兴高采烈的样子把信念给他听。

“上校每次听得都很认真，总是会会心地微笑，有时他会表示赞同，有时会发表一下批评，对信上一些含糊的内容，还总向我们解释一番。在给儿子写回信的时候，他显得尤为高尚。‘永远都不可以忘记你是一个法国人，’他总是这样教育儿子，‘对那些可怜的人们你要以宽容的心来包容，不要让他们因为我们的占领而感到内心沉重……’接下去还是上校没完没了的嘱咐和令人敬畏的唠叨，什么要尊重财产啦，对待妇女要有礼貌啦，无疑这就是一部真真正正供征服者用的军人荣耀法典。在信中也包含有他对目前政治笼统的一些看法，还有强加在战败者头上的‘和平条件’。可以说，在这个方面，他显得一点都不苛刻。

“‘只要有战争赔偿就行了，其他的任何东西都不要……割占他们几个省又有什么作用？……难道我们就可以把德国变成法国吗？……’

“他口授的信件语气十分坚定，从他的言语中，我们可以感觉到他是如此真挚、如此爱国，因此在听他讲话的时候，您都会完全被他所打动。

“那时候，围攻一直不断在进展着，只可惜被围困的不是柏林！……在那段日子里，天气十分严寒，炮弹声隆隆作响，疾病到处流行，饥饿肆虐着整个城市。不过，在我们的精心照故和不懈努力下，在我们对他不知倦怠、日复一日的体贴关怀下，老人宁静悠然的生活没有受到任何打扰。从头至尾，我们都是给他吃上等的白面包和新鲜的肉，而这些食物也只够他一个人食用。您简直无法想象会有什么比这位祖父吃饭的情景更加令人动容的了：可怜而自私的老人就坐在床头，容光焕发，面带笑容，用餐巾围在下巴底下；他的孙女因为缺乏食物营养，脸色显得有些苍白，女孩在他身旁，握着他的双手，轻轻地告诉他喝汤，请他食用所有这些在那个时候别人都吃不到的东西。吃完饭后，他显得异常活跃。屋里暖洋洋的非常舒适，窗外寒风凛凛，雪花飞舞，这些景象让这位老重骑兵想到以前在北方参加过的那些战争，他又说起已经讲了不知多少次的俄罗斯大撤退给我们听，那是一次艰难的大撤退，士兵们的粮食只有冻得坚硬的饼干和马肉！

"'孩子，你懂吗？我们只能吃冻得坚硬的马肉！'

"我相信她懂。这两个月以来，她其他什么东西都没有吃过！……然而，当老人的身体逐渐恢复，我们骗他的难度也就越来越艰巨了。他那瘫痪的四肢和麻痹的感觉器官曾经帮了我们很大的忙，但是现在它们却逐渐在恢复。有那么几次，可怕的大炮齐射声从马约门传来，这使得他很是吃惊地跳了起来，如同猎犬一样竖起了灵敏的耳朵；我们两人只能欺骗他道巴赞元帅在柏林城下又取得了新的大捷，人们正在残老军人院里鸣炮祝贺。

"终于有一天，我们将他的床挪到窗前——我记得那是个周四，同时就是打响布森瓦尔战役的那个日子！——他很是清楚地看到有不少国民自卫队的士兵在格兰特大街上集结。

"'这些军队是怎么回事？'老人很生气地问道。

"剩下得我们就只听见他从牙缝里低声挤出几句抱怨的话：'真是军容不整！军容不整！'

"那时他还没有想到别的方面去；可是我们却是明白的，从这以后，必须更加谨慎。可我们还是大意了，不幸的事情还是发生了。

“就在那天晚上，我刚到他家门口，姑娘就慌慌张张地跑了出来：

“‘他们明天就要进城了，这该怎么办呢。’她慌忙对我说。

“爷爷卧室的门是打开着的吗？直到后来我回忆起这段往事，才记起那天晚上他的表情很是特别。很可能是他听见了我们在门外的交谈。不过不同的是我们说的是普鲁士人，而他却自以为是法国军队的归来，是那个让他等待了很长时间的凯旋归来的入城仪式：在鲜花的簇拥下、在嘹亮的军乐中，麦克马洪元帅沿街而行，他的儿子光荣的伴随在元帅的身边，而他这个老人呢，则是身着军礼服，站在高高的阳台上，如同在吕岑时那样，向满是弹孔的军旗和被弹药熏黑的鹰徽敬上崇高的军礼……

“可怜的老儒弗！他一定认为我们不让他观看法国军队的进城仪式，是因为担心他情绪过于激动而影响病情。所以，他没有对任何人提起过这件事。可是，第二天，就当普鲁士军队畏畏缩缩地走在从马约门通往杜伊勒利宫的长街上时，老人房间的窗户被轻轻打开了，上校出现在阳台上，头上戴着头盔，身上佩着军刀，穿着在米罗手下当重骑兵时的一身旧军服。

“直至今日我还是很纳闷，到底是什么样的意志力、什么样突然爆发出来的生命力，支撑着他使他就这样一下子站了起来，并且穿戴得是如此整齐干净。不过毋庸置疑的是，他确确实实是站在那里，站在栏杆后面，惊讶地发现这条大街这么会是如此空旷，却又这么的死寂；房屋的百叶窗紧紧关着，整个巴黎显得阴森森的，仿佛是一个巨大的检疫所；放眼望去到处都是奇异的白底红十字旗，士兵的两侧居然也没有欢迎的人群队伍。

“有那么一瞬间，他还是以为自己眼睛看错了……

“可事实上他并没有看错！在凯旋门的后面，隐隐约约传来一阵沙沙的脚步声，有一条黑线正在曙光中向前移动着……然后，普鲁士士兵头盔上的尖顶开始闪耀光芒，小耶拿起鼓开始敲响，在凯旋门下的星形广场，伴随着士兵沉重而整齐的脚步声和军刀的撞击声，奏响起了舒伯特的《胜利进行曲》！……

“就在这时，广场死一般的寂静中，传来一声愤怒的吼叫，一声可怕的叫喊：‘赶快拿起武器！……赶快拿起武器！……普鲁士人来了。’走在先头部队最前面的四名普鲁士骑兵，便瞧见楼房上面的阳台上，一个身材魁梧的老人舞动着两条胳膊，身子一摇一晃，随后便直挺挺地倒下去了。而这一次，儒弗上校是真的离开了人世。”

一局台球

士兵们接连战斗了两天，并且背着沉重的背包在瓢泼大雨中度过了整个晚上，现在已经是筋疲力尽了。可是，紧接着还让他们拿着枪站立在大路的水坑里、泥泞不堪的田野里，他们已经苦苦等待了足足 3 个小时了。疲备不堪、熬夜，再加上军服被雨水浸透，都已經让他们支持不住了，所以他们只能挤成一团，相互倚靠着以求获得温暖。有的士兵甚至还靠在旁人的背包上，站立着就睡着了；疲劳、饥饿和寒冷，显而易见的可以从他们酣睡中松弛、舒展的脸上一目了然的瞧见。到处都是雨水和泥浆，没有炉火，没有热汤，天空即低沉又黑暗，好像四周到处都埋伏着敌人。一切都显得是那么的凄凉……

他们在这儿干什么呢？究竟到底发生了什么事情？

大炮的炮口正对着不远处的树林，看上去好像在守候着什么。埋伏着的机枪死死地瞄准了远方的地平线。一切好像都已准备妥当，只等着接受命令后发起进攻。可是为什么他们还是迟迟不动呢？他们这是在等待什么呢？

原来他们是在等上级下达的命令，而这个时候命令还没有从司令部发出来。

然而司令部离这儿并不是很远。它就设在一座路易十三时期的漂亮、古老城堡里。城堡被半山腰的树丛所掩映，鲜红色的砖墙经过雨水的洗礼，显得异常闪亮。这无疑是一座名副其实的王公豪邸，百分之一百足以悬挂一位法国元帅的旗帜。公路和草坪被一条宽沟和一道石栏杆给截然分开；宽沟和石栏杆的后面，是连成一片的嫩绿草坪，一直伸展到城堡门前的石头台阶，草坪周围摆满了盛开的鲜艳盆花。

而在城堡背面的一侧，明亮柔和的阳光透过千金榆的树荫散落在林阴小道上，池塘如同一面平放着的镜子，几只雪白的天鹅在里面浮游嬉戏，一个巨大的宝塔形鸟笼笼顶底下，孔雀正在开屏，锦鸡扑腾、拍打着自己的翅膀，绿叶丛中传出它们阵阵刺耳的尖叫。虽然城堡的主人很早以前就已经离开，但这里却丝毫让人感受不到战乱所带来的荒芜与凄凉。就算是草坪上那些小的不能再小的不起眼的花朵，统帅的军旗也给了它们安全的保护。一切都还是那样的有条不紊，四处的花盆摆放得整整齐齐，林阴小道显得幽深而静谧。在距离战场如此近的地方，却能找到这样一个令人感觉宁静、舒适的地方，真是让人感到有点惊讶呀。

太阳渐渐爬下山坡去了，虽然已经失去了早晨的灿烂光芒、午日的辉煌耀眼，但依然还是妩媚地将自己的光和热洒向这片大地。这时，夕阳只能看见小半个，小草被娇艳的余晖照得金灿灿、黄澄澄的。小池塘清澈见底，蓝天、白云、绿草、鲜花都倒映其中，使得它显得格外娇美。“唧唧唧”，不知从那儿飞来一群可爱的小麻雀，在霞光中展示着自己矫健的身姿，真像是在空中跳跃的一个个美妙的音符。

在士兵那边，雨水在小路上搅拌着肮脏的烂泥，冲出道道深沟；而在这边，它摇身变成一种高雅、漂亮的骤雨，使红砖越发显得艳丽，使得草坪增添了更多翠绿迷人的色彩，使橙树的树叶有了幽幽的光泽，使湖里天鹅的羽毛更加洁白光亮。所有的一切都显得那么的光洁，似乎是在和平的时代才会拥有的气氛。

说实在的，假如没有屋顶上迎风飘扬的那面军旗，没有栅栏边那两个敬业的站岗士兵，人们是万万也不会想到这里居然会是司令部。马儿们都在马厩里小憩着。四周围都能瞧见勤务兵和传令兵身着军便服，在厨房的周围四处奔走；几个身着红裤子的花匠们，拖着钉耙，正在不慌不忙地平整城堡大院的沙地。

餐厅的窗户面对的是大门的台阶，透过这扇窗户能够看见的是一张杯盘狼藉的饭桌，桌布被搓揉得皱皱巴巴，它上面摆着开过的酒瓶和污浊的用过的空酒杯，完完全全是一幅人去席散的景象。

而隔壁的房间里，时不时传来响亮的说话声、笑声、台球滚动声和碰杯声。元帅正在里面打台球。这就是前面所说的军队在等候命令的缘由。只要元帅劲儿来了一打起台球，全世界没有任何事情能够让他停下手来，就算是天塌下来也一样！

台球！

就是这位伟大的军官最大的爱好。

他站在那里，表情十分严肃，就好像此刻置身在战场上；他身穿整齐的军礼服，胸前戴满了荣誉勋章，双眼闪烁着炯炯的光彩，脸颊红红的；宴会、台球、格罗格酒，这一切都使他处在无限的兴奋中。他的副官们将他团团围住，态度又殷勤又恭敬，大家对他所打出的每一个球都表现出目瞪口呆、十分钦佩至极的样子。只要元帅赢了一分，所有的人都会立马冲向记分牌；只要元帅一口渴，所有的人都会争抢着帮他调制格罗格酒。一瞬间，肩章与帽缨摩擦的沙沙声、勋章和绶带撞击的叮当声此起彼伏。

在这个面对花园和庭院并且装有橡木护墙板、高高的大厅里，看着那一张张可笑的迎合的脸、一个个恭维不止的部下，另外还有如此多精致的绣品和崭新的军装，让人不禁要想贡比涅的秋天，也无形中把那些正在等待命令的士兵暂时放在一旁不去管了；而此时此刻，那些身穿肮脏不堪的军大衣的士兵们，正在淅淅沥沥的雨中黑沉沉地挤作一团，于公路边苦苦焦急地等候着。

现在元帅的对手是一个参谋部的矮个子上尉，他留着一头微卷的头发，穿着一件紧裹腰身的军服，戴着一副浅色的手套。上尉的球技简直可以说是堪称一流，可以把全世界所有厉害的元帅都打得一败涂地。可是他心知肚明，因为他必须对长官保持一种表示自己敬意的距离，他要做的是力求既不赢球，但是又不轻易地输掉。这样的人就是经常被大家称为前途无可限量的军官……

“注意了，年轻人，好好打球。现在元帅已经得了15分，而你只得了10分。你只需要把这种局面保持到这盘球结束，就可以比那些站在外面等待命令的士兵获得更多的提升机会，也就不用和他们一样承受下得天昏地暗的滂沱大雨，不用弄湿你帅气的军服，更不需要使你绶带上的金色变得暗淡无光，更不用苦苦守候那久久不能发出的命令。

这场比赛实在是太有意思了。台球滚动着，踫撞着，不同的颜色瞬间形成交叉。台球桌边沿的弹性十分好，桌面上的比赛也愈来愈激烈……忽然，一颗炮弹的火光毫无预兆地划破天幕。沉闷的爆炸声使得玻璃窗不停地在颤抖。所有的人都被惊吓了一跳，大家面面相觑，焦虑不堪。可是好像只有元帅一个人什么都没有看到，什么都没有听到：他将身体伏向球台，正计算着如何打出一个漂亮的撮球。这是大家都知道的，元帅最擅长的就是撮球了！……

可是令人害怕的是，火光一道接着一道，没有停息。枪炮声连绵不绝，而且显得越来越密集。有些副官们惊恐地朝窗口跑去。难道普鲁士人真的在这时候发起攻击了？

“好吧，就让他们朝着进攻吧！”元帅一面说，一面用白粉块擦拭着球杆头，“轮到你打了，我的上尉。”

参谋们对此刻元帅的镇静佩服得五体投地。和这位元帅比起来，头枕着炮架而睡的蒂雷纳算得了什么呢！我们的元帅在敌人发起猛烈进攻的时候，依旧可以站在台球桌前，慨然不动……

就在这时，枪炮声更加密集了。在响彻云霄的炮声中，夹杂着刺耳的机枪声和轰轰隆隆的排枪声。一片边缘为黑色的红色烟雾从草坪的尽头瞬间升起来了。整个花园的深处被这火光映衬得通红通红的。孔雀和锦鸡被吓得惊恐万分，在大鸟笼里撕心裂肺地鸣叫；在马厩里闻到了火药味道的阿拉伯战马，激动得扬起了前蹄要奔出马厩。这时候司令部开始有阵阵骚动，前线的紧急报告接连不断地传来。传令的士兵们如离弦之箭疾驰而至，每个人都期望能够求见大家都想见的元帅。

但是此刻这些士兵是见不到元帅的。就如我所说过的那样，世界上没有任何事情能够阻挡他打完一局台球比赛。

“又该你了，上尉。”

上尉这时稍微有些分心，毕竟他还很年轻啊！他开始有些张慌失措，已经忘记了打球时该有的分寸，接二连三射出几个好球，就差一点就能把这局台球赢下来了。这下可把元帅给惹恼了，他无比刚毅的脸上露出既惊讶、又愤恨的神情。就在这个时候，一匹飞奔而至的马摔倒在院子里。一名全身沾满泥渍的副官从层层阻拦中冲破而出，跳上石阶大叫道：“元帅！元帅！……”就看着别人是怎样迎接他吧……元帅手里持着球杆，走到窗户边，明显露出怒气冲冲的表情，脸涨得通红通红的，就好似公鸡的鸡冠：

“怎么回事？……发生什么事情了？……站岗的哨兵都跑去哪儿了？”

“可是，元帅……”

“够了不要说了……等一下……让他们先等着我的命令吧，见鬼！……”

窗户突然呼地一下被猛地关上了。

等他的命令！

那些可怜的士兵，他们此刻正在苦苦地等待着他的命令。狂风将雨水和霰弹劈头盖脸地向他们刮来。士兵们整营整营地被歼灭，而此时此刻其他连队的士兵却只能干等着，因为他们只能手握武器，而且对自己按兵不动显然很是茫然不知所措。这是没有办法的，士兵们只能等着元帅的命令……

但是，死亡是不需要命令的，就这样成万上千的士兵倒下去了，倒在灌木丛后，倒在宽沟里，倒在寂静的大城堡门前面。甚至在他们倒下去之后，敌人机关枪射出的子弹仍旧穿透着他们倒下地尸体，法兰西高尚无比的鲜血，正在悄无声息地从他们迸裂的伤口中涌出……可是在上面的台球房里，比赛也一样进入了白热化的状态中：元帅已经重新领先，但是身材矮小的上尉还在像狮子一般顽强地抵抗……

17 分！18 分！19 分！……

最后甚至连分数都来不及记录了，枪炮声正在逐渐向司令部逼近。就只差 1 分元帅便可以赢得这次胜利了，而此时此刻炮弹早已经落入花园里。一颗炮弹在水池中爆炸了，炸碎了平坦如镜的水面；一只惊恐万分的白天鹅无助地扑腾着，四周飞飘着散落的血迹斑斑的羽毛。这是敌人的最后一发炮弹……

突然，一切又归于平静。只有淅淅沥沥的雨点飘洒在幽幽的林阴小径上，山坡下传来一阵模糊的隆隆车轮声，泥泞不堪的小路上，有踏步声匆匆传来，听上去像羊群赶路的声音……部队在全面溃散，就这样元帅赢了这局台球比赛。

小间谍

他的名字叫做斯坦纳，小斯坦纳。

他是一个在巴黎土生土长的孩子，身体枯瘦如柴，脸色略显得苍白，看上去大概只有 10 岁，也可能已经有 15 岁了；当这样的一个孩子出现在你面前，您可能永远都不无法猜出他们的真实年龄。他的母亲已经过世了；父亲原本是海军陆战队里的一名士兵，目前在圣殿旁边的小花园里做守门人。

所有匆匆忙忙来这个被人行道围绕的花园里躲避车辆的巴黎人们——无论小孩、女佣、还是带着帆布折凳的老妇人或者是贫穷人家的母亲——全都和斯坦纳老爹很熟悉，并且大家都很喜欢他。他的小胡子又粗又硬，让那些流浪狗和赖在花园长凳上长期不走的人看见了都感觉到害怕；可是一般熟悉的人都是知道的，在这个令人害怕的小胡子下面，潜藏着的是温柔的如同慈母般的微笑；如果您是想要看到他的微笑，只需要问问这个好心肠的人：

“您儿子现在还好吗？”

斯坦纳老爹可是相当喜欢他儿子的！每天傍晚一放学，小男孩也总是会到这个花园里来找他的父亲，这之后两个人就会在花园的小径上静静地漫步，每经过一张长凳，他们都会默契的停下脚步向熟悉的顾客们打招呼，并且回答他们热情的问候。每当这个时候，老人总是会感到无比的幸福和欣慰。

可不幸的是，紧随着城市被围困，一切都改变了。斯坦纳老爹看守的花园由于里面堆放了火油，不再对外开放了。这位让人觉得可怜的老人必须时时刻刻照看着它们。独自一人孤单地在这零乱的树丛里度日如年，可又不能抽烟，只能在每天很晚之后回家，才能看到自己的儿子。所以，当他提起普鲁士人的时候，他的小胡子倒真的是值得看一看的……不过，小斯坦纳对这种新的生活却并不怎么抱怨。

围城！对于孩子们来说这实在是太好玩了！不用去上学，也不用再参加互助小组！每天都是假期，大街就好像集市广场一般热闹……

从早上到晚上，这个孩子都喜欢在外面跑来跑去。只要是驻扎在本区的部队去城墙边，他就会沿途一直跟着他们，特别喜欢跟着那些军乐演奏十分好听的部队；对于这个方面，小斯坦纳可以称说是个小内行了。他可以头头是道地告诉您，96 营的军乐队还不算太好，而 55 营却有一支让人觉得十分了不起的军乐队。有的时候，国民别动队操练时他就会去看；此外还有排队……

冬天的清晨，没有提上煤气灯，在排着很长的队伍中间，他手上挎着一个小篮子，静静地守候在肉店或者是面包店栅栏门口。在那个地方，人们喜欢站立在一起，互相结识、相互谈论相关的时事政治。也许由于他是斯坦纳先生的儿子吧，因此几乎所有人都喜欢听他的意见。

然而，在这其中最有趣的就要算数瓶塞赌了。这种游戏是由布列塔尼的国民别动队们在围城期间兴起来的一种游戏。如果你发现小斯坦纳不在城墙边、也不在面包店里，那么他一定就在水塔广场这个“加洛什”赌赛场地上玩耍。不过，由于这种游戏需要很多钱，所以一般来说他自己从来是不玩的。对于他来说，就算只是看着别人玩，这也能使他感到内心的满足！

其中，有一个总穿蓝色工装裤的大个子，几乎每次他都用一百苏一个的硬币来下注，这样的大手笔总是让小斯坦纳羡慕不已。每当大个子跑起来的时候，人们都能听到他工装裤里硬币相互碰撞发出的叮当声……

有一天，当一枚硬币突然滚落到了小斯坦纳的脚下时，就在趁着拣硬币的机会空当里，大个子缓缓压低声对他说：

“小家伙你眼红了，嗯？好吧，假如你愿意，我可以免费告诉你去哪儿弄一笔钱。”

一盘赌完之后，他就把小男孩悄悄领到广场上一个隐蔽的角落里，让他跟自己一起去给普鲁士人卖报纸：跑一趟他就可以轻松地得到30法郎。刚一开始，小斯坦纳十分愤怒地拒绝了他的要求，紧接着他一连三天都没有再去广场看赌博。然而对小斯坦纳来说这是可怕的三天：小斯坦纳吃不好也睡不好。在夜里，他总会梦见成堆的瓶塞竖在他的床脚边上，一枚枚平放在上面的价值一百苏的硬币飞来飞去并且闪烁着耀眼的光芒。对他而言这诱惑实在太强烈了。第四天，按捺不住的小斯坦纳迫不及待地再次回到水塔广场，找到了那个引诱他的大个子，最终接受了他吸引人的引诱……

这是一个下着雪的早晨，他们两人肩上扛着一个布袋，把报纸藏匿在罩衫里面，就准备出发了。在他们来到弗朗德勒城门时，天才刚蒙蒙亮。大个子牵着小斯坦纳的手，慢慢地朝哨兵走近——这是一个长期驻扎在这里的守城士兵，脸上顶着一个大大的红鼻子，就这样看上去很是和善的样子。大个子用可怜巴巴的语气对他说道：

“先生，求求您行行好，就这样放我们过去吧……我们的爸爸早已经去世，妈妈现在正生病躺在床上。我和弟弟只是想去田里去捡点土豆充饥。”

说着说着他就突然哭了起来。斯坦纳感觉羞愧万分，不由得垂下了头。哨兵认真仔细地打量了他们一小会儿，同时又看了看荒无人烟、白雪皑皑的公路。

“快过去吧。”他一边闪开一边同情的对两人说。

这个时候他们已经走在通往奥贝维利埃的大路上了。大个子忽然笑出了声！小斯坦纳，还仿佛置身于梦境里一般恍恍惚惚地不知所措。他瞧见了被敌人改作营房的工厂、空无一人的街垒，以及在那里晾着的湿淋淋的破衣服，还有伸向天空、划破晨雾的高耸的烟囱，那些烟囱全部都缺了口，而且没有一缕烟从里面冒出来。

每走一段距离他们就能看见一个站岗的哨兵，还有用望远镜瞭望着远方的戴着风帽的军官们。在火光微弱的篝火前，支着一个个小帐篷，而这些小帐篷早已经被融化的雪水浸透了。大个子认识路，他领着小男孩从广袤的田野里穿过，以此来避开岗哨。可是，他们最终还是走上了一条无法避开的道路，到了自由射手的前哨前。那些自由射手身穿短小的大衣，在苏瓦松铁路沿线的战壕里蜷缩着，而战壕中却满是积水。这一次，大个子又开始编他的故事了，可是不管他们怎么故伎重演好像都没有用，这些士兵们不管他们怎么说也不让他们过去。就在他一把鼻涕一把泪诉说“凄惨”的时候，一位有点年纪的中士从哨所里走了出来，他头发花白，满脸都是皱纹，长得倒是有点像斯坦纳老爹。

“好了，小家伙们，别哭了！”他温和地对孩子们说，“放心我们会让你们过去捡土豆的。但是在这以前，你们必须得先进屋里暖和暖和身子，看这孩子都快冻僵了！”

但是他却不知道，小斯坦纳浑身颤抖的原因，并不是因为天气的寒冷，而是出于害怕和羞愧……在哨所里，他们看见几个士兵蹲坐在一堆微弱的火苗周围，火苗小的可怜；他们正在用尖锐的刺刀插进冻得发硬的饼干上，然后放在火上烤。大家向里挪了挪身体，给两个孩子腾出了一点空间，又给了他们两人几口烧酒和一些咖啡喝。正在他们喝的时候，一名军官突然来到门前，把一名中士叫了出去，悄声跟他说了几句话，然后就急匆匆地走了。

“小伙子们！”中士笑容满面地回到屋里，“今天晚上咱们可以跟敌人打个痛快仗了……普鲁士人的口令已经被我军截获了……我想，这一次我们总可以把这该死的布尔热从他们手中抢夺回来了！”紧接着屋里爆发出一阵阵混呼声和笑声。士兵们唱起了欢快的歌，跳起了愉快的舞蹈，起劲儿地擦起了刺刀。而这个时候两个孩子却趁着这番喧闹的机会悄悄溜走了。

越过了壕沟，展现在眼前的是一片平原，一堵长长的白墙横在平原的尽头，它的上面布满了射击用的枪眼。他们俩人朝那堵墙走去，每走一步都要假装停一下，捡起地上的土豆。

“我们还是回去吧……别去了。”小斯坦纳内心害怕不断对大个子说。

大个子不以为然地耸耸肩，接着继续朝前走。忽然，他们听到一支步枪上膛的声音。

“赶快卧倒！”大个子一边说一边扑倒在地上。

他一卧倒，就马上吹了一声口哨。雪地上也顺后回了一声口哨。于是他们俩开始慢慢匍匐前进……就在贴近地面的墙角下，出现一顶破烂不堪的贝雷帽，两撇黄色的小胡子，不经意地从帽子下面露了出来。大个子跳进战壕，来到普鲁士人的身旁。

“他是我的弟弟。”大个子指着小男孩对那个人说道。

小斯坦纳，显得是那么的瘦小，惹得一群普鲁士人见到他就开始笑了起来，于是他们将他抱了起来，一直举到了白墙的缺口上。

在墙的另一面，是一个个大大的土堆和一棵棵横倒的大树，黑黝黝的洞布满了整片雪地；每个洞里都有同样肮脏的贝雷帽和一模一样的黄色小胡子，当孩子们经过时，他们发出嘻嘻着的笑声在一个不起眼的角落里，有一幢原来是供园丁居住的房子，房子的周围用树干筑起了掩体。楼下挤满了好多士兵，有些在玩纸牌，而有些在熊熊燃烧的火堆上煮汤。空气里到处飘荡着白菜和肥肉的香味。这里和自由射手的哨所比起来有太大的反差！楼上是一些军官，在楼下都能够听见他们欢快的弹钢琴的声音，而且还在开香槟酒呢。当两个巴黎的孩子走进房间时，迎接他们的是一阵阵愉悦的欢呼声。他们把藏着的报纸递给普鲁士人；后者倒了点喝的给他们两人，而且开始引诱他们说话。这些军官看起来全部都既狂傲又凶恶，可是大个子却能够用巴黎郊区人特有的绘声绘色的谈吐和小流氓的切口逗他们开怀大笑。军官们边笑边跟着他学那些切口，而且对这些来自巴黎的下流话津津乐道的样子。

为了向他们证明自己并不傻，小斯坦纳也很想对他们说上几句话，但是不知为什么他开不了口。在他对面，有一个普鲁士军官单独坐着，和其他人相比，他年纪似乎大了些，而且他的神情也比旁边的人显得更为严肃。他在看报纸，也可以说他在假装读报纸，因为他的眼光从未从小斯坦纳身上离开过。他的目光里虽然有着慈爱，但是也有着责备，似乎这个军官在家乡也有一个同小斯坦纳年纪相当的孩子一样，与此同时他也似乎在内心里说道：

“我宁愿自己去死，也不愿意看到自己的儿子干这样无耻的勾当……”

从那一瞬间起，小斯坦纳就感觉似乎是有一只手紧紧地压在他的胸口，使得他的心脏好像快要停止跳动。

为了摆脱这种焦虑不安的心情，他便开始和大个子一样喝起酒来。可是不过一会儿功夫，他就觉得天地开始旋转。模模糊糊之间，它似乎听到，在一阵粗浅的笑声中，他的伙伴正在嘲笑国民自卫军，嘲笑他们的操练方法，模仿他们在马雷举行的阅兵仪式，在城墙上发出的一次次晚间警报。紧接着，大个子压低了自己的嗓音，军官们立即都聚拢到一起，脸色突然变得凝重起来。这个无耻之徒正在向他们的敌人透露自由射手准备偷袭的情报……

而这一次，小斯坦纳激愤地站了起来，头脑立刻清醒了不少：

“不能说，大个子……我不让你说出来。”

可是，大个子仅仅是笑了笑，于是又准备继续讲下去。然而他还没有讲完，所有的军官全部都已经站了起来。其中一个军官指着屋门，对两个孩子不屑地吼道：

“赶快滚吧！”

紧接着，很快这些军官们开始用德语进行交谈，而且他们谈得很快。大个子就这样走出了房间，而且还把口袋里的钱币弄得叮当作响，就好像自己成了一个总督，骄傲的不得了。小斯坦纳耷拉着小脑袋，就这样跟在他身后走出去了。就在他经过刚才那个目光让他感到十分窘迫的普鲁士人身旁时，听见他以充满犹豫的声音并且还带着浓重的德国口音说道：

“这个不光彩，不光彩……”

泪水立刻涌到了他的眼睛里。

一回到平原上，两个孩子就开始快速地奔跑起来，返程的路总是比来时走得快。普鲁士人给了他们很多很多土豆，几乎装满了整整一布袋；靠着这些土豆，他们轻轻松松地通过了自由射手的战壕。而这些可怜的自由射手正在那里准备今晚的进攻呢。部队静静地开过来，在大墙后面集合。那个上了年纪的老中士也在那里，他正忙着安排手下的士兵，可以看得出来一脸的兴奋！两个孩子经过时，立刻被他认出来了，而且还向他们露出了一个亲切的微笑

啊！这微笑让小斯坦纳内心感到更加地难受！有那么一刻，他真恨不得朝着他们大吼一声：

“不要去那里……我们把你们给出卖了。”

可是大个子却对他说：“如果你透露出去了，我们就会被抓起来枪毙的。”害怕使他忍住了……

他们到了库尔纳夫镇，走进一幢被废弃的房子里，在那里进行分赃。说实话，赃款的分配还算得上公平。小斯坦纳听着那些诱人的硬币在罩衫里碰撞所发出的动听的响声，想到今后他将有钱可以去参加加洛什赌赛，心中的负罪感就稍微减轻了一点。

可是，在大个子走进城门、离这个可怜的孩子越来越远后，孤单的一个人，小斯坦纳的口袋似乎变得愈来愈沉重了，而胸口的上那只压着他的手也按得更紧了。此刻在他看来，他感觉巴黎和从前不一样了。从前面走过的人都十分严厉地看着他，好像大家都知道他是从什么地方回来的。在滚滚的车轮声中，在运河沿线军鼓的打击声中，他到处都可以听到别人在叫“间谍”这两个字。最后，小斯坦纳终于回到了家，看见父亲还没有回来，他很是高兴，快速跑上楼走进卧室，把这些特别沉重的钱币藏在了

枕头底下。

斯坦纳老爹从来没有像今天回家时那样的慈祥、那样的高兴过。原因是外省刚传来可靠消息：国家的局势已经开始有了好转。吃饭的时候，这位老兵望着在墙上挂着的长枪，和蔼可亲地笑着对孩子说道：

“嗯，孩子，要是你是个大人，现在就可以去参军攻打普鲁士人了!”

大约 8 点左右，他们突然听见一阵炮声响起。

“那是从奥贝维利埃传来的……布尔热在打仗!”老人说道，他对全部的堡垒都十分熟悉。小斯坦纳的脸色刷地一下就白了，他借口推说自己很累了，便上楼去睡了，可是无论怎样他也睡不着觉。炮声依旧在响着。他想象着那些原想借助夜色偷袭普鲁士人的自由射手，反而毫无预警地中了埋伏。他又想到那个冲他微笑的中士，就好似看见他痛苦地倒在雪地上，这其中还有很多跟他一样的士兵……

然而所有这些鲜血的代价都在他的枕头底下掩藏着，而他小斯坦纳就是那个无耻的告密者，老兵斯坦纳先生的儿子……泪水使得他的喉咙哽咽了。他听见父亲在隔壁房间里踱着步子，并且打开了窗户。窗下的广场上响起了集合的号令，国民别动队的一个营在报数，他们正准备奔赴战场。很显然，这是一场真真正正的战争。可怜的孩子禁不住哭出了声音。

“孩子你这是怎么了?”斯坦纳老爹赶紧走进来问。

小斯坦纳再也忍受不了了，飞快地跳下床来，跪在父亲的脚下。在他跳下床时，硬币也顺带着滚落在地上。

“这是什么?是你偷来的吗?”老人哆嗦着问孩子。

于是，小斯坦纳一口气把他和大个子一同去过普鲁士军营还有在那里做过的全部事都告诉了父亲。他越说，就越感觉心里自在多了；因为坦白了罪过以后，他就轻松了许多……斯坦纳老爹静静地听着，脸色变得极其可怕。他神情严峻，一股从心里涌上来的痛苦爬上了他的嘴角。斯坦纳老爹的手指像秋风里枯萎的树叶般不停地颤抖着；他低下头去，没有说话，心灵突然感受到一种说不出的惆怅。一股苦涩的味道从心头涌了上来，就如同吞了一口难咽的苦药。就像一片乌云，刷地罩上了明净碧蓝的天空，他那纯洁善良的心灵，立刻罩上了一片沉重的阴暗；儿子的话就像石头一般沉甸甸地砸在斯坦纳老爹的怀中。听完这些之后，他把头深深地埋进了自己的胳膊里，呜呜的哭了起来。

“爸爸，爸爸！……”孩子想说些什么。

老人把他推开，没有再搭理，紧接着把钱一一捡起来。

“就这么多了吗？”他生气地问。

小脸上布满泪水，小斯坦纳点点头，表示全部的钱都在这里了。于是老人从墙上取下了长枪和子弹盒，把钱塞进口袋。

“好了，”他说，“我去把这些还给他们。”

于是他再也没有多说一句话，甚至连头也没有回，径直往下楼走去，加入到在夜色中开赴战场的国民别动队的战士中间去。从此以后，再也没有人见到过他。

公社的阿尔及利亚步兵

他是当地一位步兵团的小个子鼓手，名字叫克多尔，来自德让泰尔部落，是仅有的几个随维诺阿将军的部队调入巴黎的阿尔及利亚步兵中的一个。他几乎参与了从维桑堡到尚比尼的所有战役，他随身总是带着铁制响板和阿拉伯战鼓，如好像暴风雨中的小鸟，在战场上穿梭；他是那么的敏捷、那么的迅速，就连子弹有时都不知道他在什么地方。

这个有着古铜色皮肤的小个子非洲人已经被机关枪喷出的火舌烤得通红，可是当冬天来临时，他却受不了在在冰天雪地里站岗放哨、在漫漫长夜中一动不动的煎熬；终于，在一月的一个清晨，有人在马恩河边发现了他，他的双脚早已经冻僵，身体因为寒冷而蜷缩成一团。他在野战医院里住了很长一段时间，我就是在那里见到他的。

这名步兵就像一条生病的狗，既忧虑而又有耐心，他睁大眼睛观察着周围的一切。别人跟他说话时，他就轻轻一笑，露出他整齐洁白的牙齿。他所能做的就只有这些，因为他听不懂我们的语言，只能凑合着说几句萨比尔语，这种阿尔及利亚土语混合了普罗旺斯方言、意大利语、阿拉伯语等五花八门的词语，就好像是从拉丁语的海洋里拾来的贝壳一般。而对他而言只有阿拉伯战鼓才能给克多尔带来一点点的娱乐。有的时候实在是太无聊了，人们就会把战鼓放到他的床上，答应他敲一会儿，但声音不能太大，不要影响到其他的病人。

这时，原本在昏黄的日光下和冬季凄清的景色中变得有些黯淡无光的那张可怜的黑脸蛋，就会立刻变得活泼起来，扮着可爱的鬼脸，随着节拍自由地舞动。他一会儿敲起冲锋鼓，凶猛的笑声露出若隐若现的洁白牙齿；一会儿又敲起穆斯林的晨曲，而此刻，他的眼睛湿润了，鼻子也在不停地抽动着，在野战医院枯燥的气氛中，在药瓶和纱布堆里，他似乎又看到了结满橙子的布里达树林，以及刚洗浴出来、头上戴着白色面纱、全身散发着马鞭草芬芳的摩尔姑娘。

就这样过去了两个月。在这两个月的时间里，巴黎发生了许多事情，可是克多尔却对此全然不知情。他听见士兵拖着疲惫的脚步成群地从窗下经过，那些士兵是被解除了武装并且遣返回家的。不远处整天都传来大炮轮子被拖来拖去时的滚动声、丧钟的声音和大炮的射击声。

可是这一切他都不懂，他只知道外面依然在打仗，而且他的腿伤早已痊愈，可以重新回到战场了。因此他再次出发了，背着战鼓，去找寻他的部队。他没有花太长的时间，就遇到了一个路过的公社战士。战士将他带到了广场。在长时间的审问过后，当天值班的将军没有人有办法从这个满腔土语的非洲兵嘴里获得任何一点东西，不得已只能给他十个法郎和一匹之前用来拉公共马车的马，将他留在了参谋部。

公社的参谋部里什么东西都有：红色的马褂儿、波兰大衣、匈牙利紧身衣、水手的粗布工作服，以及金银、金属片、丝绒、装饰品之类。我们的阿尔及利亚步兵身穿镶黄边的蓝上衣，扎着头巾，身上背战鼓，为参谋部增添了不少亮丽的色彩。这位掉队的士兵兴奋地加进了如此美妙的队伍之中，陶醉在阳光、炮声、大街的喧嚣和各种各样的武器、军服当中，他依旧坚信法国人还在同普鲁士人交战，而且战争正在一种无法言表的活跃及自由气氛中继续着。他突然间被卷入了巴黎这场盛大的狂欢中，一时间居然变成了名人。无论他走到哪里，公社战士们都会击掌欢呼，热情款待。公社因为有了这样一位成员而骄傲和自豪，并且将他当作帽徽一样到处展示、炫耀和佩戴。他从广场被派送到陆军部，之后又从陆军部被派到市政厅，一天总要来来回回几十次。说实在的，公社战士们早已经听了太多的传言，说什么他们的海军士兵是冒牌的，他们的炮手是假的！……

可是，至少可以确定的是这个阿尔及利亚步兵是真实的。假如想要证明这一点，你只要看一眼他那小猴子般机灵的脸蛋，看一眼他那野蛮而瘦小的身躯，再看一看他那高头大马像杂耍般翻滚腾挪的身躯就行了。但是，克多尔还是觉得有些美中不足。他期望有战斗，希望让火药来说话。然而可惜的是，公社和帝国的情况几乎差不多，参谋部只是偶尔上上战场。除了展示炫耀、来回奔波之外，这位可怜的阿尔及利亚士兵只能在陆军部的院子里或旺多姆广场上消磨时光，在他的四周到处是闹哄哄的兵营，里面有开了封的酒桶、被割得乱七八糟的大堆膘肉，还有裸露在风雨之中的美食佳肴，香气四溢。在所有这些散发出香味的食物之中，人们却还是能嗅到被围困期间巴黎的饥饿。

克多尔是个心地善良的穆斯林鼓手。他跟大家不一样，他不会去大吃大喝；只是安安静静地待在远处，躲在不远的角落里沐浴净身，然后用一小把粗面粉做着他的古斯古斯饭；吃过饭之后，他就敲一会儿小鼓，这之后便裹在自己的呢大衣里，躺在石阶上，在营火的照耀下悄然睡去。

5 月的一个清晨，一阵可怕的枪声把这个阿尔及利亚步兵给惊醒了。参谋部就好像炸开了锅，所有的人都在奔跑逃命。他也同其他人一样，稀里糊涂就跳上了马，跟着参谋部出发了。街道上处处是疯狂的军号声和溃败而逃的部队。人们匆忙地搬起铺路的石头，筑起高高的街垒。很显然，一定是发生了什么不同寻常的事情……越靠近河岸，枪声就越清晰，人声也就越嘈杂。在协和大桥上，克多尔与参谋部走散了。又走了一段路，他的马也被抢走了，抢走他马的人是一位头上戴着八条杠军帽的军官，他正着急到市政厅看到底发生了什么事情。克多尔气愤极了，于是他向战场跑去，一边跑着并且将步枪的子弹推上膛，一边用土话愤恨地说：

“快干掉该死的普鲁士人！……”

他还以为是普鲁士人进城了。子弹早已经在方尖碑四周和杜伊勒里花园的树丛中呼啸开来。

里沃利大街的街垒上，弗洛朗的复仇者们向他高声呼唤着：

“呀！是阿尔及利亚步兵！是阿尔及利亚步兵！……”

这时他们就只剩下大概12个人了，而克多尔一人好似可以当一个军的士兵使。他傲然独立于街垒上，好像一面巨大的旗帜，是如此的显眼。在枪林弹雨中他一面战斗，一面跳跃、叫喊。间或，在炮击的停歇时，地面上升起的烟雾散开了一些，他能够看见在香榭丽舍大街上聚集的士兵穿着红裤子。这之后，一切又重新变得模糊不堪。他以为自己看走了眼，于是就更加猛烈地朝他们开枪射击。

突然之间，街垒沉寂了下来。就在最后一名炮手打完仅剩的几颗炮弹后，也溜之大吉了。阿尔及利亚步兵却依旧在那里岿然不动。他潜伏着，随时准备冲向敌人；他一边使劲儿将刺刀上好，一边等待着头戴尖顶钢盔的普鲁士士兵出现……

这时候过来一队士兵！……

在沉重的脚步声中，军官们高声呼喊：

“投降吧，投降吧！”

阿尔及利亚步兵首先是愣了一会儿，然后他高举着步枪，一跃而起：

“好呀，好呀，法国人！……”

在他目前还是混沌不堪的脑子里，模模糊糊地觉得这应该就是巴黎人民盼望已久的法国军队了，是在弗达伯尔和尚奇将军指挥下到这里来解放巴黎的。因此，他是多么的高兴！他露出一口整齐的白牙朝他们微笑着！……转瞬间，敌人的士兵挤满了街垒。他们把他围得水泄不通，同时又不断推挤着他。

“把你的步枪给我们瞧瞧。”他的步枪依旧是滚烫的。

“然后把你的手伸出来给我们看看。”硝烟早已经熏黑了他的双手。这位英勇的阿尔及利亚步兵骄傲地伸出手来让他们“欣赏”，脸上还带着善良的微笑。

这时，士兵们把他推到墙边，砰！……

他就这样死了，可是他却不知道为什么而死……

勒薛兹神父公墓之战

守墓人微笑地说道："在这里打仗？……这儿怎么可能打过仗。那些都是报纸杜撰出来的……事情的经过只不过是这样子的：

"22日的夜晚，我们看到三十几名巴黎公社的炮手，带着一组七门大炮和一挺新式机枪，来到了这里。他们占领了公墓的最高点作为阵地。由于那个区域恰好是由我负责的，所以由我迎接了他们。他们将机枪架在离我的岗亭不远的小道旁边；大炮则是架在稍微低一点的土台上。他们一到，就命令我打开好几个小祭堂的门。我原来还以为他们会将里面的东西砸个粉碎然后再洗劫一空，可是他们的指挥官却有言在先，他站在战士们的中间，对大家说了这样一句简短的话：'哪个猪猡胆敢首先碰这里边的东西，我就打爆他的猪头……解散！……'

"指挥官是一个白发满头的老头，身上佩戴着克里米亚战争和意大利战役的勋章，看上去不太好说话的样子。指挥官的命令被战士们当作圣旨一样严格遵守，因此，说句实话，墓地里的任何一样东西他们都没有拿走，就算是默尔尼公爵那价值两千法郎的十字架他们也动都没动过。

"要知道，这些公社的炮手们可是一群卑鄙无耻的混蛋。他们都是些廉价品，每天就只想着如何用他们那三个半法郎的高额军饷买瓶酒一口气将它喝光……只要看一眼他们在公墓里过的日子你马上就能够明白了！他们就这样乱七八糟地躺在默尔尼或菲伏洛娜的墓室里，要知道菲伏洛娜的墓室里可是安睡的皇帝的奶妈呀。他们将葡萄酒放在尚波的墓室里冷冻，因为那儿有一眼泉水；之后，他们居然还找来了一些女人。他们就这样没日没夜地饮酒作乐。啊！我敢肯定，很多不堪入耳的话都已经被公墓里的那些死者听到了。

“可是，即使这些强盗都是些没有用的笨蛋，但是他们对巴黎的祸害也是不小的。阵地的位置对他们而言十分有利，他们不断接到命令：‘向卢浮宫开炮……向王宫开炮。’

“所以，当老指挥官把大炮瞄准哪里时，煤油燃烧弹就会极速地朝城市上空飞去。我们这里没有人知道，炮弹落下的地方究竟可能会发生什么事情。对我们而言只听见枪声逐渐在逼近；可是这些公社战士们却似乎一点都不着急。他们一直认为，在肖蒙高地、蒙马特高地和勒薛兹神父公墓交叉火力的打击之下，凡尔赛政府军是不可能再向前进攻的。就在海军士兵占领蒙马特高地后向我们发射了第一发炮弹，这令他们清醒了不少。

“他们或许做梦也不会想到！

“我本人也和他们在一起，靠在默尔尼的墓室旁边抽着烟斗。一听到炮弹飞过来，我就急忙扑倒在地。刚刚开始，炮手们还以为可能是炮弹打错了地方，或者不知道是哪个伙伴喝醉了酒在胡闹……可是原来不是的！5 分钟后，蒙马特高地再一次闪起了炮火的光亮，又一发炮弹向我们袭来，和刚才那发一样准确。一时间，那些炮手们马上丢掉大炮和机枪，撒开双腿就跑了。对他们而言公墓太小了。他们一边奔逃一边叫喊着：‘是谁出卖了我们……是谁出卖了我们……’就只剩下老指挥官一个人还留在弹雨之中，一个人在大炮中间来回奔跑、忙碌着。看着他的炮手们扔下他四下抱头逃窜，他满脸的气愤，甚至掉下了愤恨的眼泪。

“可是，到了傍晚发军饷的时候，有几个人又回到了他的身边。您瞧瞧，先生，看看我工作的岗亭上吧，那天晚上前来领饷的人的名字都刻在上面了。老指挥官边点名，边记录：‘瑟丹，到；苏德拉，到；贝约，沃隆……’

“您也看见了，只剩下四五个人，而且他们居然还带了女人……啊！我一辈子都不会忘掉那个发饷的晚上。巴黎的市政厅、阿瑟那尔图书馆、满堆粮食的谷仓都突然间都被大火包围了。从勒薛兹神父公墓看过去，远处的景象就如同白昼一般。公社战士们尝试着重新回到大炮那里去，可是他们人数不够，另外蒙马特高地的炮火也让他们感觉到害怕。因此，他们便溜进了一个墓室，和以前一样唱歌、喝酒。那些女人们看着火光冲天的巴黎，一时间显得十分害怕。老指挥官镇静的坐在菲伏洛娜墓室门前两个巨大的石像中间，似乎他早已经料到这将会是他生命中最后一个晚上。

“这之后发生了什么，我就记得不是很清楚了。因为我回家去了，您看见的那座小木棚就是我的家，就在树丛中间。我太疲惫了，没脱衣服就上了床，可是我却让油灯整整亮了一夜，就像是在暴风雨之夜做的那样……

“忽然，有人使劲地敲门。我的妻子吓得浑身颤抖但还是去开了门。我们原以为可能又是公社战士……可是来的居然是海军：几名尉官，一名少校，还有一个军医。他们对我说道：‘起来……去煮一点咖啡给我们喝。’我起床给他们煮了些咖啡。我们听见公墓里传来隐隐约约的骚动声，还有窃窃的私语，似乎所有的死者都已经醒了过来，准备站起来参加对冒犯者的审判。军官们全部都站着，他们快速地喝完咖啡，然后带着我一起走了出去。

“外面处到处是士兵和水兵。他们想让我给一个班带路，我们开始挨个儿地搜查公墓。有的时候，士兵瞧见树叶有一丝动静，就会朝铁栅栏、半身人像、小径深处开枪。不久后我们便发现了几个躲在小祭堂角落里的倒霉鬼，他们都是躲在一些不同的地方，处置他们没有用很长的时间……而那些可怜的炮手们面临的也是同样的命运。我把他们全都揪了出来，男的、女的，统统都堆在我的岗亭前，那个戴着勋章的老指挥官站在最前面。

“在寒冷的早晨如果看到这种情形并不能让人感觉到愉快……唉……但是，最使我感到震惊的是一长队国民自卫军士兵，他们从拉罗格特监狱被押过来，在那里度过了一个夜晚。他们就好像是送葬的队伍，沿着大路缓缓而上。没有人敢说话，也没有人敢抱怨。这些不幸的人是那么的疲惫、那么的饥饿！有些人甚至疲惫到一边走路，一边睡觉，即使是知道死到临头了，他们还是不愿醒来。他们就这样被带到公墓的尽头，然后就被枪杀掉了。一共是 147 人。您可以想象一下，这需要花多长时间呀……这就是所谓的‘勒薛兹神父公墓之战’……”

就在这个时候，守墓人看见了他的组长，便立刻将我抛开放在一边。我就单独一人待在那里，望着上面那些死去的人的名字，那些在巴黎的冲天火光中被刻于岗亭上的最后一次领饷人的名字，我的眼前忽然浮现出那个 4 月夜晚的情景：炮弹横飞，火光和鲜血映红了天空；诺大的公墓没有一个人，被火光照亮得如同节日的城市；大炮被遗弃在十字路口的中央，周围是墓门大开的墓室，墓穴里有很多人在喝酒；在不远处，被摇曳的火光照耀得栩栩如生的石像和杂乱无章的圆形坟顶、石柱之间，宽额大眼的巴尔扎克半身像正注视着眼前所发生的一切。

小馅饼

一

星期天一大早，杜莱那大街的糕点店老板苏洛就将它的小伙计叫过来说：

“这个是皮尼卡先生订的小馅饼……你把这个送过去给他，记得快去快回……据说凡尔赛的军队已经开进巴黎了。”

小伙计从来都不关心政治，他将热腾腾的小馅饼放到烘烤馅饼的模子里，将模子包在一条白色的毛巾里，再将毛巾稳稳地顶在无边软帽上，然后就一路小跑地朝圣·路易岛赶去。皮尼卡先生就住在那里。

早晨的天气十分好，5月的阳光洒满了水果店，店里堆满了成捆成捆的丁香和成束城束的樱桃。即使能听见大街拐角处的传来的军号声和远处的枪声，可是整个古老的马莱区却依然保持着寂静的气氛。

空气中到处飘荡着节日的气氛，庭院深处孩子们欢快地跳着圆圈舞，门前的大姑娘们在玩着三毛球，还有一个瘦小的白色身影，带着热烘烘的馅饼的味道，奔跑在空荡荡的大街上，更为这个战斗的早晨添上了一点纯真和节日的气氛。

这个街区所有的热闹景象似乎都延伸到了里沃利大街上。有些人在拖大炮，有些人在筑造街垒；几乎每走一步，都可以碰到汇集的人群和忙碌的国民自卫军士兵。但是，这位糕点店的小伙计却没有被弄昏头脑。因为这个孩子早已经习惯在喧闹的大街上和来来往往的人群中穿行了！其实每每到节假日或封斋前的星期天，大街都会被挤得水泄不通，他们要跑的路最多；因此他们对革命的景象也已经习以为常了。

白色的小软帽在军帽和刺刀中间穿梭，他避开人群的冲撞，优美地晃动，一会儿走得飞快，一会儿又被迫缓下来，然而人们依然能够感觉到那渴望奔跑的强烈意愿。看着眼前这种景象真是令人心情愉悦呀！打仗和他又有什么关系呢！在12点前赶到皮尼卡先生家里，然后麻利地从前厅搁板上取走等着他的小费才是至关重要的。

忽然，人群中发生一阵令人恐惧的拥挤：共和国收养的战争孤儿们一边唱着歌，一边列队跑过。他们全部都是12至15岁的孩子们，背上背着步枪，腰上扎着红皮带，脚蹬着大皮靴，模样非常有趣；他们对自己的士兵打扮十分自豪，就好像是在封斋前的星期二，头上戴着纸帽、撑着形状怪异的粉红色破阳伞在满是泥泞的大街上奔跑一样。而这一次，这群小家伙费可大的劲儿才在拥挤的人流中保持了平衡；他过去曾顶着的馅饼模子，无数次从头上滑落下来；以前他曾经不知多少次在人行道上玩过造房子的游戏，因此小馅饼们顶多只是受到一点点惊吓而已。可是糟糕的是，这欢乐的场景、这愉悦的歌声、这舞动的红皮带，还有内心里不住涌动地羡慕和好奇，所有的这一切都让这个小伙计产生了跟着这支有趣的队伍走上一段的愿望。他跟随着风尘仆仆、疯狂奔跑的人潮，不知不觉地已经走过了市政厅和通往圣·路易岛的桥，居然不知道被人流带到了什么地方。春天是如此的美丽，柔和的微风，清新的空气，暖和的阳光，田野里的麦苗如同一大片宽广的海洋，星罗棋布的村庄在这中间就好像是不沉的小舟，河边的柳枝吐出了新的嫩芽，大自然的色彩把一切都打扮得翠翠绿绿的。

二

每个星期天都要吃小馅饼是皮尼卡一家的习惯，而这个习惯至少已经保持了25年。每当12点整，一家老小就会聚集在客厅里，就只听见一阵活跃而欢快的门铃声响起，大家便会同时说道：

“阿！送馅饼的来了。”

然后，在移动椅子的声音中，在节日服装的窸窣声中，在立于摆放好餐具的桌前的孩子们的欢笑声中，这个资产阶级家庭所有成员都会围着堆放有整齐小馅饼的银烤炉，幸福地坐下来。

可是这一天，门铃却哑然无声。皮尼卡先生愤怒地看着那台上面放着的一只鹭鸟标本旧座钟，它一向都走得很准的，从来没有快过，也从来没有慢过。孩子们一边朝着玻璃窗打哈欠，一边斜着眼睛看着小伙计平日里会出现的大街拐角。谈话显得愈来愈没有力气；桌上的座钟接连敲打了12下，这让一家人更加觉得饥饿；即使古色古香的银餐具在缎纹桌布上发出闪闪的光芒，周围的餐巾已经被叠成笔直挺拔的白色小锥角，但是整个餐厅却显得如此的空旷，如此的凄凉！老女佣已经不止一次在主人的耳边打报告……烤肉烤糊了……豌豆煮过了头……

可是固执的皮尼卡先生没有小馅饼就是不开饭。他对苏洛十分恼怒，决定要亲自去看一看到底发生了什么事情，以前从来都没有迟到过，这次究竟是怎么回事。看见舞动着手杖并且怒发冲冠地走出门的他，邻居们都好心地提醒他：“皮尼卡先生，小心……听说凡尔赛的军队已经开进城了。”

在这个时候他什么都听不进去了，即使是从讷伊方向的水面上传来的枪声，即使是从市政区发出的可以把整个街区玻璃都震碎的预警大炮声，这些都不能阻止他。

“喔！这个苏洛……这个苏洛！”

他一边怒气横冲地跑着，一边喃喃自言自语，好像已经看见自己站在糕点店里，用手杖敲打着地砖，震得玻璃窗和装罗姆酒水果蛋糕的碟子不断地颤抖着。可是，路易·菲利普桥上的街垒却让他更加地气愤。那里有几个凶神恶煞的公社战士，他们正懒洋洋地躺在已经除去了铺路石的地上晒着太阳。

“你要去哪儿，公民？”

皮尼卡先生向他们解释其中的缘由。但是小馅饼的故事显得是如此的可疑，况且皮尼卡先生身着漂亮的节日礼服，戴着金丝边眼镜，完全一副老反动派的样子。

“他肯定是个奸细，”战士们说道，“必须把他送到里戈那里去。”

说着，并不因为自己离开街垒而生气的四名战士——自告奋勇地跟在这个表现的十分愤怒的可怜人背后，用枪托推搡着他，把他押走了。

我不知道他们到底做了一些什么，总之半个小时后，他们就已经被前线的军队缴了械，归入一队长长的囚犯队伍并且准备出发去凡尔赛。一路上皮尼卡先生不停地抗议，挥舞着手杖，一次又一次地讲述着他的故事。可是倒霉的是，在这个混乱不堪的年代里，有关小馅饼的谎言是那样的荒谬、那样的让人难以置信，以至于军官们听了只是一笑了之。

“好了，老家伙……去凡尔赛解释吧。”

囚犯队伍就这样，夹杂在两队轻装士兵中间，通过依旧弥漫着硝烟战火的香榭丽舍大街，出发了。

三

囚犯们排成一队紧紧地走着。为了不让队伍散得太开，士兵们迫使他们相互挽着胳膊；长长的队伍就像牲口那样走在公路中间，激起了漫天灰尘，并爆发出雷雨般的脚步声。可怜的皮尼卡感觉自己好像是在做梦。他已经累的气喘吁吁、汗流浃背，疲劳和恐惧让他呆若木鸡；他早已经落在队伍的最后面，在两个浑身散发着汽油味和烧酒味的老妖婆中间走着。四周的人听见他一直不断絮絮叨叨地诅咒“糕点师傅”、“小馅饼”，大家都以为他疯了。

事实上，这个可怜的人神智已经不太清醒了。每当上下坡、队伍慢慢散开的时候，他总认为他自己不是在远方满天飞舞的灰尘之间，而是看到了苏洛糕点店那个戴软帽、穿白褂的小伙计了。这种幻想在路途中已经出现过好几十次了！那矮小的白色身影在他面前一闪而逝，就如同是在戏弄他一样，这之后又突然消失在军装、工装和破烂衣衫的人群之中。

终于，长长的队伍在太阳落山时就到达了凡尔赛。人们看到这个资产阶级老头戴着眼镜、衣冠不整、惊恐不安、满身尘土的样子，都很是一致认为他是一个坏蛋。他们说道：

“他的名字叫菲里克斯·比亚……不！是德来克吕茨。”

押解囚犯的士兵用了九牛二虎之力才把他安全地送到橙园的院子里。到了那儿，可怜的队伍获得解散的允许，可以躺在地上喘一口气。有些人在睡觉，有些人在咒骂，有些人在咳嗽，还有一些人在悲惨的哭泣。然而皮尼卡却不睡也不哭，他独自坐在石阶上，双手抱着头，因为饥饿、羞耻和疲劳，他再也撑不下去了。他把这倒霉的一天在脑子里重新回忆了一遍：离开家，依旧在饭桌旁的家人们肯定还在担心他，餐具也一定一直摆放到了晚上，甚至可能现在还等着他，以及侮辱、谩骂、枪托的殴打，这所有的一切都只是因为那个糕点店小伙计的不守时。

“皮尼卡先生，您的小馅饼！……”

突然他身边响起一个熟悉的声音。老人赶紧抬起头，惊讶地发现苏洛糕点店的小伙计正拿出藏在白围裙下的馅饼模子递给他。原来他和那些共和国的孤儿们是被一起抓来的。结果，虽然发生了一点骚乱，皮尼卡先生也受到了牢狱之苦，但是他这个星期天和以往一样，吃到了小馅饼。

圣诞故事

马莱区的圣诞晚餐

玛吉斯泰先生是一位汽水制造商。他住在马莱区，刚从王家广场的朋友那里出来。他在他家吃完了圣诞晚餐，这时正哼着小曲往家里走……这时圣保罗教堂敲响了凌晨两点的钟声。

“时间真是不早了！”

这位正直的人心里这样想着，加快了脚步。然而，石板路却很滑，街上黑漆漆的一片，很难看清楚，再加上在马车还极其少见的时候这糟糕的老街区就已经建造起来了，因此处处都是拐弯、墙角以及门前用来拴马的石桩。这些都影响了他加快速度，并且他的双腿就好像是被灌上了铅一样的沉重，双眼也因为圣诞晚餐上的酒劲儿而逐渐变得模糊……

终于，玛吉斯泰先生还是回到了家。他停在一扇装修得富丽堂皇的大门前，门上有一块古老的盾形纹章，在月光下发出闪耀的光芒；纹章被维修一新，还镀了一层金，还让他当成工厂的标志，上面写着：

前贵族德·奈西蒙公馆

玛吉斯泰少爷

汽水制造商

这古老而又熠熠生辉的奈西蒙家族纹章，被刻在工厂所有的虹吸瓶、账单票据和信纸抬头上。

一进大门，就是一个宽敞、明亮、通风的院子。若是在白天，打开院子的大门，整条街都会因为它而变得明亮起来。在院子的尽头，是一幢很老旧的建筑，做工精细的黑色墙壁上雕刻着花；圆形的阳台上装饰着铁制的栏杆，而其他阳台则安着石柱子；高高的窗户，上面的三角楣和柱头一直伸到房子的顶层，就好像是大屋顶下面的众多小屋顶；屋脊上面的石板瓦中间，是圆形的四周镶花的阁楼天窗，就好似镜子一般，十分别致。

除此以外，屋前还有一条宽大石阶，已经在雨水的侵蚀下长出了许多青苔；一根细瘦的葡萄藤爬上了墙壁，同顶楼的滑轮上不停来回摆荡的绳子一样黑，而且还在使劲扭曲着。整座房子透漏出一种说不出来的破败与凄凉的气息……这就是以前的德·奈西蒙公馆。

而在白天，公馆的样子就完完全全不是一样的了。墙上到处都用金色的字写着财务室、仓库、工厂入口等字样，在太阳下闪闪发光，古老的墙壁青春焕发、生机勃勃。铁路公司的卡车晃动着大门，伙计们在石阶上上上下下，耳朵上夹着羽毛笔，忙着接收货物。箱子、篮子、稻草和包装布将整个院子堆得满满的，让您仿佛置身于工厂之中……

一旦夜幕降临，一切又归于平静，冬日的月光照射在凌乱而复杂的屋顶之间，投下重重的影子，古老的奈西蒙公馆在这一刻又恢复了贵族的气派。阳台镶上了花边，使得中央大院显得更加空阔，在忽明忽暗的光线照耀下，破损的楼梯就好像是教堂的黑暗处，带着空空的壁龛和残破的阶梯，就好像是一座座祭台。

特别是在那天夜里，玛吉斯泰先生感觉他的房子看上去尤为高大。当他穿过空荡荡的院子时，他所发出的脚步声连自己都感到十分惊讶。楼梯突然之间好像变得巨大无比，并且他爬起来似乎特别吃力，也许可能是因为刚刚吃了圣诞晚餐的原因……

来到二层，他喘了一口气停了下来，慢慢走近一扇窗户。这就是在古老的历史建筑里住着的滋味！可以肯定的是玛吉斯泰先生不是个诗人，噢！远远不是；但是，当他看见这漂亮有气派的贵族庭院被月光蒙上幽幽的蓝色光芒的幔帐，这老旧的贵族府邸和它麻木的屋顶一起被白雪的斗篷覆盖在下面，他不禁产生了一种置身世外的感觉：

"嗯……话说回来，假如要是奈西蒙家族卷土重来的话……"

就在这时，一声清脆的门铃声忽然响起。两扇大门立刻被迅速地打开了，路灯都为此熄灭了；几分钟内，在大门的阴暗处发出一阵阵模模糊糊的摩擦声和嘀咕声。有人在争吵、有人在拥挤，还有人要抢先进来。是仆人，很多仆人；以及几辆四轮马车，车上的玻璃窗被月光照得闪闪发光；还有几顶轿子在火把之间摇晃着，在大门前火把被风一吹，烧得就更加地旺了。一转眼的工夫，院子里人就挤得满满的。可是人群到了台阶下面，就不再混乱了。人们从车上下来，他们互相致意，而且边说话边走进房子，似乎对这里十分熟悉。丝绸的摩擦声和佩剑的碰撞声从石阶上传来。到处是白色的发套，并且上面还扑了一层厚厚的粉，没有一点光泽；四周到处都是细小而又微微颤抖的嗓音、低沉而又平淡的笑声，还有轻柔的脚步声。

所有的人看上去都感觉很古老、很古老。他们的目光黯淡，首饰也显得很黯淡，刺绣的旧丝绸衣服上不断泛出变化的朦胧的色彩，并且在火把的照耀下闪烁着柔和的光芒；在所有这些人和东西的上面，浮起薄薄的一层扑粉，它们从盘得高高的并且卷曲的头发上立起来，然后一直升到每一个美丽的大人身边，这些大人却因为他们的佩剑和庞大的裙环而变得似乎是在演戏……

没过多久整幢房子就好像成了鬼屋。火把在一扇又一扇的窗户里亮了起来，在曲折的楼梯里上上下下，最后照亮了阁楼的天窗，闪烁着节日和生命的火花。整个奈西蒙公馆被照得灯火通明，就好像一缕强烈的夕阳点燃了这里所有的窗户。

"啊！上帝！他们居然要放火烧房子！……"

玛吉斯泰先生思考着。从惊恐中回过神来，他试着挪动了一下发麻的双腿，急忙跑下院子里。在那里，仆人们刚刚点起一堆熊熊大火。玛吉斯泰先生试着靠近他们，和他们说话。仆人们并不搭理他，依旧继续相互低声地交谈着。可是，在这冰天雪地的黑夜里，很奇怪的是从他们的嘴唇里却没有冒出一丝热气。玛吉斯泰先生极其不高兴，可是有一件事却让他安下了心，因为这烧得又高又旺的大火特别的奇怪，它虽然发出光亮，可是却没有一丝热量，根本不会灼烧人。在这件事情上他便放下了心，便下了石阶，走进了仓库。

这些仓库都在底楼层，过去这里一定是十分美丽的会客大厅。在大厅的角落里，有一部分褪了色的金片还在闪烁着黯淡的光泽。在天花板上、门楣上方、镜子周围，都画着一些神话题材的油画，颜色模糊而暗淡，好像是遥远年代的记忆。可惜的是，仓库里的窗帘和家具都已经没有了，就只剩下一些墙纸和装满锡头虹吸瓶的箱子，一棵老丁香树的干枯枝桠爬在窗户外面，黑乎乎的。

玛吉斯泰先生一走进仓库，就能瞧见里面灯火通明，人头涌动。他和他们打招呼，可是没有人注意他。身着缎袄的女人们挽着骑士的胳膊，仍然合乎礼仪地做着娇媚的姿态，大家来来回回的走着，并且交头接耳，一时间又向四处散开。这些苍老的侯爵们就好像在他们自己的家里一样。一个小巧的身影，在壁炉上方挂着的油画前面停下来，用颤抖的声音说：

“这就是我，这就是我！”

她脸上带着微笑看着画中的月亮女神升起到护墙板的上方，女神身体修长，脸颊红润，还有一轮新月挂着额头上。

“奈西蒙，赶紧来瞧瞧您家的纹章！”

一看到包装纸上印着奈西蒙家族的纹章，下边还写有玛吉斯泰的名字，大家都大笑起来。“啊！啊！啊！……玛吉斯泰！……难道在法国也有姓玛吉斯泰的人吗？”

这之后便是无尽的欢乐，满屋子里弥漫着笛声般清脆的笑声，还有举起的手指，撒娇的嘴唇……

突然，就有人叫喊道：“香槟！香槟！”

“噢，不是！”

“是的！……是的，香槟就在那里……赶快来吧，伯爵夫人，就让我们一起吃一顿愉快的圣诞晚餐吧。”

玛吉斯泰先生的汽水让他们当做了香槟。即使它微微有些跑气，但是没有关系，大家还是照喝不误。这些可怜的小影子似乎酒量不大，汽水的味道使他们慢慢地变得活跃起来、兴奋起来，更让他们有了跳舞的希望。因此他们跳起了小步舞。奈西蒙请来了四个小提琴手，他们演奏起拉莫的一首悠长的曲子，曲子全部都是由三连音组成，纤细、幽怨，却又不失活泼。这些所有的漂亮的老妇人们都慢慢地旋转着，跟随着节拍端庄地向舞伴致敬。她们的首饰、金背心、织锦上衣，以及钻石扣环的皮鞋，似乎都变得年轻了许多。连护墙板听到了这以往的乐曲，也瞬间恢复了生机。挂在墙上两百多年的旧镜子似乎也认出了这些人，即使它已经被划得满是伤痕，镜角也有些发黑，但是它们仍然慢慢地闪亮起来，照映出人们翩翩起舞的形象，这些形象有些模糊，就好像是带着一丝柔和的遗憾。玛吉斯泰先生站在这优雅的舞曲之中，感觉有点难堪。他悄悄地躲在一个箱子背后，悄悄地看着……可是，白昼逐渐到来了。透过仓库的玻璃门，能够看到院子开始变白，接着是窗户的上方，最后是客厅的整个这一面墙。随着阳光的到来，那些人影渐渐变得模糊了。

没过多久，玛吉斯泰先生就只看见两把遗忘在墙角的小提琴，它们一被阳光照射到，就突然间蒸发得无影无踪了。在院子里，他依旧可以模糊认出一顶轿子的轮廓、一个扑满发粉并且用绿宝石装饰的人头，这还包括仆人们丢在铺路石上的火把所迸发出来的最后一点火星；一辆运货的马车快速驶过敞开的大门，轰隆隆地进入院子，车轮就这样碾过街石，迸出点点火星，和火把交相辉映……

三场小弥撒

（一）

“两只块菰火鸡，加里古?”

“对啊，神甫大人，两只肥胖的火鸡，被块菰塞得满满的。我太清楚了，因为是我替他们往火鸡肚子里塞的块菰。火鸡的皮绷得尤其紧，烤的时候几乎都要爆开来……”

“圣母玛利亚！我太喜欢吃块菰了……快把我的法衣拿给我，加里古……除了块菰，你在厨房里还看到了什么?”

“噢！全部都是好东西……从中午开始，我们就一直在为野鸡、榛鸡、鸡冠鸟、大松鸡拔毛，鸡毛飞得到处都是……还有，他们还从池塘里捉来了鳗鱼、金鲤鱼、鳟鱼，还有……”

“那些鳟鱼到底有多大，加里古?”

“有这么大，神甫大人……大的不行！”

“噢！上帝，我就好像是亲眼看到它们了！……你把葡萄酒倒入细颈瓶了吗?”

“对啊，神甫大人，我早已经把葡萄酒倒进细颈瓶了……当然啦，这个和过会儿您做完午夜弥撒后要喝的葡萄酒相比较的话，那可差远了。要是您能在城堡的餐厅里，亲眼见到所有五彩缤纷的装满葡萄酒的玻璃酒瓶的话那该多好……还有漂亮的银餐具、雕镂器物、鲜花、大烛台！……我还从来没有见过这样丰盛的圣诞晚餐……侯爵先生邀请了周围全部的贵族，因此在餐桌上至少会有 40 个人，这还不算上大法官和公证人……啊！作为贵客中的一个，您肯定是很高兴的吧，神甫大人……我仅仅是闻了闻那些肥美的火鸡，身上就好像是飘满了块菰的气味……真是太香了！”

“好了，好了，我的孩子。小心犯了贪吃戒，特别是在耶稣诞生之夜……赶紧去点亮蜡烛，然后去敲响弥撒的第一声钟声。午夜就快到了，我们可千万不要迟到……”

上面的对话就发生在公元 16 世纪某一年的圣诞之夜，谈话的双方是让人尊敬的巴里格尔神甫和他的小教士加里古。巴里格尔神甫在以前是巴尔纳伯会隐修院的院长，现在已经是小教堂的管理神甫。他从特兰格拉格的领主们那里得到薪水；他一直以为是小教士加里古在和他讲话，其实不久您便会知道，这天夜晚恶魔为了勾起神甫的欲望，伪装成一个长着圆脸、犹豫不决的年轻教徒的模样，来诱惑他触犯可怕的贪吃戒。

因此，当所谓的加里古甩开膀子敲击着领主小教堂的大钟时，在城堡的圣器室里，尊敬的神甫穿上了祭披，他的脑袋里已经被那些关于美食的描述弄得晕晕乎乎了，所以他一边穿衣服，一边不停地喃喃自语：“烤火鸡……金鲤鱼……这么大的鳟鱼！……”

屋外，钟声被晚风吹散，缓缓地，在旺都山山腰的阴暗处灯光悄悄地亮了起来，古老悠久的特兰格拉格城楼就建在旺都山的山顶上。来城堡倾听午夜弥撒的全部都是些不富有的佃农。他们或者五个一群，或者六个一组，一边爬山，一边唱歌，男人们走在前面手里提着灯笼，女人们则是裹着棕色的大斗篷，而孩子们则是簇拥着妇女躲在大斗篷里面。

即使天气严寒、夜色深沉，但是这些正直的老百姓们却都高兴地走着。因为他们坚信，做完弥撒出来以后，山下的厨房里就会和平时一样，有一大桌饭菜在等待着他们。有的时候，崎岖不平的上山路上，会过来一辆贵族的四轮马车，打着灯笼的仆人们走在马车前面，车窗户上的玻璃在月光的照耀下闪着晶亮的光彩；或者是一头骡子，一边小跑，一边晃荡着系在脖子上的铃铛，趁着风灯雾蒙蒙的光亮，佃农们看出了这是大法官，于是便会在经过他面前时纷纷致意：

“晚上好，奥尔诺顿法官，晚上好！”

“孩子们，晚上好，晚上好！”

夜色皎洁，因为寒冷，星星更加活跃；寒风刺骨，衣服上落下一阵细微的雪，却没有被它们打湿，圣诞节总是白雪皑皑的。他的主要目的地就是山上的城堡，它展现出城楼和山墙那巨大而结实的身影，小教堂的钟楼矗立在暗蓝色的天空中，一群弱小的亮光闪烁着，来来回回，在所有的窗前停下来，在昏暗的建筑物背景的衬托下，这些光亮就好似在烧焦的纸烬中飞动的燃烧的星星……走过吊桥和暗道之后，就得穿过第一个院子，然后才能抵达小教堂。院子里被四轮马车、仆役和轿子挤得满满的，火把与厨房的炉火将它照得如同白昼般明亮。人们可以听见用来烤肉的旋转铁叉在叮当作响、平底锅的撞击声、水晶器皿的碰撞声，还有在准备晚餐过程中银餐具的搅拌声；在这一切之外，空气中还飘荡着一股温热的蒸气，蒸气里还夹杂着烤肉的香味和各种辛香佐料的味道，好像是要对佃农、神甫、大法官，还有其他所有人说："弥撒结束后，我们将会吃到多么丰盛的圣诞晚餐呀！"

（二）

滴铃铃！……滴铃铃！……午夜弥撒终于开始了。城堡的小教堂就好像是一座压缩的主教教堂，它里面的窗拱纵横交错，橡木护墙板足以与墙面比高，所有的烛台都被点得亮晶晶的，所有的挂毯都已经被打开了。好多人哪！如此多漂亮的衣服！一开始是德·特兰格拉格老爷，他坐在祭坛四周的雕刻祷告席上，身上穿着橙红色塔夫绸外衣，坐在他旁边的是他邀请而来的所有贵族。在他对面是包着天鹅绒的跪凳，凳子上面跪着老侯爵的遗孀和年轻的德·特兰格拉格夫人，前者穿着一条火红的锦缎裙子，后者则戴了一顶镶着轧制凹凸花边的塔形高帽子，这是当时最新流行的法国宫廷款式。

再往下一些的地方，就能够看到大法官托马斯·奥尔诺顿和公证人阿布罗瓦先生，他们一袭黑衣，硕大的尖形假发戴在头顶，脸上的胡子刮得很干净，好像是两个夹在鲜艳丝绸和花纹锦缎中的沉重音符。在这之后就是管家、书童、乐工、总管，我的天哪，这些钥匙几乎全部都挂在腰上一个细银打制的钥匙圈上。在教堂深处的长凳上，坐着职位比较低的神职人员、佃农、仆人，还有他们的家属；最后，在那里，厨房的学徒先生们偷偷地把教堂的门稍微推开，然后马上又把它关了起来，他们倚靠在那里，然后利用准备两道菜之间的空闲来听听弥撒曲，同时也感受着节日气氛、被这么多明亮的蜡烛照得暖烘烘的教堂带来圣诞晚餐的热闹氛围。

令主祭分神的，是那些白色的小厨师帽，亦或者是加里古的摇铃声。这疯狂的摇铃在祭台脚下又如暴风雨般地响起，好像是在不停地说：

"快点，快点……越早结束，就越早开饭。"

事实上，只要魔鬼一将摇铃摇响，神甫就会忘掉了他的弥撒，心中就只挂念想着圣诞晚餐了。他想象着嘈杂的厨房，烧着旺盛的炉子，还有从半开的锅盖上冒出来的水汽，水汽中有两只肚子里塞满了块菰的肥美火鸡，它们皮肤很紧绷，呈现出大理石般的花纹。

或许，他还会看见一队手里托着笼罩在诱人蒸气之中的菜盘；小书童从眼前经过，他跟着他们，走进了大厅，那里早已经做好了盛餐的准备。噢！如此美味的菜肴！在明亮的烛光照耀下，已经被满满地摆在巨大的餐桌上；孔雀披着羽毛，野鸡伸开了金褐色的翅膀，玻璃瓶呈现出红宝石的颜色，在绿色枝杈间水果堆成金字塔的形状，加里古——是呀，这个加里古——先前提到的美味的鱼已经被放在茴香垫层上，鱼鳞散发出珍珠般的光泽，就如同刚刚从水里捞出来的一样，怪兽一样的鼻孔里还插着一束味道浓郁的绿草。这些美味的幻觉是如此的强烈，以至于让巴里格尔神甫以为，所有那些美味的菜肴全部都来到了他的面前，而且还被放在了祭台的刺绣台布上了；有那么几次，他应该说"愿主与我们同在"，可他却惊讶地发觉自己说的是餐前的祷告语。

不看这些小小的失误，这位尊贵的神甫念弥撒时还是很专心的，既没跳过一行字，也没有漏掉一个跪拜礼，所有仪式都进行得很完美，这种情况一直持续到第一场弥撒结束。您知道，在圣诞夜，主祭必须连续主持三场弥撒。

“第一场结束了!”神甫轻松地吸了一口气，自言自语道；接着，他一分钟都不耽搁，向小教士——或者说是他以为的小教士——打了一个手势，于是……

滴零零! ……滴零零!

第二场弥撒开始了，就在这个时候，巴里格尔神甫开始了自己的罪恶。

“快，快，赶快结束!”

加里古摇着铃，用尖锐刺耳的声音对他叫道。这一次，可怜的主祭完完全全被贪吃的恶魔给控制住了，他突然扑向弥撒经书，非常贪婪而且又激动地一页又一页将祷文念完。他疯狂地弯下腰，然后直起身，画着十字，行跪拜礼，对于所做的每一个动作都偷工减料，就是为了要早点结束。在读到弥撒的福音节时，他应付地张开了双臂；而读到悔罪经时，他则是胡乱地拍了拍自己的胸膛。他正在和教士之间进行着一场激烈的比赛，和他们比谁念得更快。经文和颂歌飞速地从嘴巴里挤出；因为是闭着嘴读的，单词只读了一半——不然就必须花太多时间——所以最后它们就都变成了听不懂的嘀咕声。

“请众同祈……祈……祈……捶胸认错……错……错……”

他俩就像是在酒桶里榨葡萄汁的葡萄收获者，如此地迫不急待，口水四溅地胡乱朗读着拉丁文弥撒。

“敬爱的……西科姆! ……”巴里格尔说。

“……司徒图阿! ……”加里古回应道。然而在这期间，这该死的小摇铃时刻都回响在他们的耳边，就好像挂在邮政驿马身上的为了马跑得更快的铃铛。您可以想像，以这样的速度，一场小弥撒是可以很快做完的。

“第二场结束了!”神甫上气不接下气地说；然后，他不顾气喘吁吁，满脸通红、大汗淋漓地向祭台的台阶跑去，然后……

滴铃铃! ……滴铃铃! ……

第三场弥撒又开始了。此时此刻距离餐厅只有几步之遥了。然而，不幸的是，越是接近圣诞晚餐，可怜的巴里格尔就越显得着急、而且越嘴馋，似乎感觉自己马上就要疯了。他的幻觉也是越来越强烈：金鲤鱼、烤火鸡，它们全部都在这里。他伸出手去摸……他……噢！我的上帝……菜肴散发着诱人的热气，美酒飘出浓浓的香味；小铃铛疯狂地摇着，对他叫嚣道：

"快点，快点，再快点！……"

可是，他如何才能再快一点呢？他的嘴唇差不多都动不了了，而且也已经不能再诵读单词了……除非他完全欺瞒上帝，跳过这场弥撒。而且这个可怜虫现在正是在这么做！他在一个又一个诱惑的驱使下，首先是跳过一段经文，然后又跳过了两段；使徒的书信实在是太长了，他只念了一半；福音书就是一笔带过，信经也是念一漏万，最后索性不念经了，并且远远地绕过序祷。就这样，他连跳带跃地向永恒的地狱之罪冲去，无耻的加里古（滚回去吧，恶魔）在身后紧紧地跟着，后者还"心甘情愿"地帮助他，帮他卷起祭披，飞快地两页两页地翻弥撒经，推倒了书架，打翻了圣水壶，还不停地摇着铃铛，一下比一下响，一下比一下急。看看他的助手们惊恐万分的脸吧！

他们没有听到一个字，只能依据神甫的手势和表情继续这场弥撒，结果有的人站了起来；有的人却跪了下来；有的人依旧坐下；在长凳上、在神情异常的人群中，这场奇怪的弥撒将全部的话语都混合在了一起。圣诞之星在小马棚那边的天路上漫步，看到这样的一片混乱，也惧怕得脸色苍白……

"神甫念得太快了……我们都跟不上了。"老侯爵的遗孀一面喃喃自语，一面又糊里糊涂地挥舞着她的帽子。

奥尔诺顿先生那大大的钢丝边眼镜架在高高的鼻梁上，他正在祈祷书里寻找他们到底已经念到哪里了。可是，这些正直的人们也在心底里盼望着圣诞晚餐，因此对弥撒做得飞快并不感到恼怒；当巴里格尔神甫神采奕奕地转过身，用尽全部的力量朝着助手们高声呼喊“弥撒结束”时，整个教堂里只有一个声音在回答“感谢上帝”。这回答是那么的快乐、那么的动人，以至于让大家都感觉自己已经坐在餐桌旁，正在尽情地品尝第一杯圣诞祝酒呢。

（三）

五分钟之后，贵族们都在大客厅里入座了，神甫也和他们坐在一起。整个城堡里灯火通明，周围都回荡着歌声、笑声、叫声和嘈杂声。敬爱的巴里格尔神甫将餐叉插入榛鸡的翅膀上，把因为犯戒而引起的悔恨掩盖在了教皇的美味葡萄酒和肉汁里。这个可怜的信徒，吃了很多菜、喝了很多酒，以至于在当天夜里，他就心脏病突发死掉了，甚至都没有来得及忏悔。

早晨，他来到天国，那儿依旧洋溢着前一天夜里节日的喧嚣和热闹。大家可以想象一下，他受到了什么样的接待：

“赶快从我的面前消失吧，你这个失职的基督徒，”我们共同的主人、崇高的审判官说道，“你犯的错太大了，足以来抵消你一生的美德……啊！你居然偷走了我一晚上的弥撒……好吧，你就用三百场弥撒作为这个错误的补偿吧，而且你只能在你自己的小教堂里，当着因你的错误而与你一起犯下罪孽的全部人的面，主持完这三百场圣诞弥撒，才能够进入天堂……”

巴里格尔神甫的传奇事情在橄榄树的故乡广为流传。现在，特兰格拉格城堡早已经不复存在了，可是小教堂依然高耸在旺都山的峰巅，被一片绿色的橡树丛掩盖着。北风吹乱了它关不紧的大门，野草也掩盖了它的门槛；鸟儿在高大的窗洞里和祭台的角落里筑起了窝，而窗户的彩绘玻璃也早就已经没有了踪影。

可是，据说每年圣诞，总有一缕超越自然的光线在废墟之间游动。当农民们去做弥撒和享用圣诞晚餐时，就会发现小教堂里的辉煌景象，可以照亮教堂的烛火却无踪无影，它在露天的环境里燃烧，就算风雪也无法将它熄灭。

您听了可能会觉得很可笑，随您的便吧！可是，当地有一个名叫加力格的葡萄农，他或许是加里古的后代。他跟我说，在一个圣诞节的夜晚，他喝醉了，在特兰格拉格附近的山里迷了路，然后就看到了这样的景象……

晚上 11 点之前，周遭没有一点声音，万籁俱寂，也没有一丝光亮，所有的一切都是死气沉沉的。午夜时分，钟楼的上方忽然传来一阵阵钟声，那应该是一座很古老、很古老的钟，而且似乎离这里有 10 里远的样子。不一会儿，加力格就看见上山的路上有火光在颤动，并且有模糊的人影在晃动。小教堂的门廊下有人在走动在低语："奥尔诺顿法官，晚上好！"

"晚上好，晚上好，孩子们！"大家走人教堂之后，那位勇敢的葡萄农便轻手轻脚地走了进去，通过破损的大门，看到了一幅特别的情景。那些所有经过他眼前的人现在都在大厅的废墟中，围坐在祭坛的旁边，就好像之前的长凳现在还存在。美丽的贵妇们穿着锦缎衣服，头上戴着花边女帽；老爷们从上到下一身精致的打扮；而佃农们却穿着绣花礼服，就好似我们祖父辈那样。所有人看上去都很苍老、很憔悴，而且满身尘土，劳累不堪。有的时候，小教堂的常客——鸟儿们被这里的光芒所惊醒，便绕着烛台游荡起来；烛火燃烧得又高又直，可是又模糊不清，外面又好像罩着一层薄薄的轻纱。

而这其中最让加力格觉得好笑的，是一个戴着宽大钢丝边眼镜的人，他经常抖动着高高的黑假发；一只笨拙的小鸟笔直地站在假发上，无声地拍打着翅膀……

教堂的深处，一个身材瘦小得如同孩子一般的老人跪在祭坛中央，绝望地摇动着铃铛，铃铛上却没有铃，也没有发出任何声响；此时此刻，一个身穿破旧金缕衣的神甫在祭台上不停地来回走动着，口里念着祷告词，可是却没有发出一丁点声音……

无可置疑，这就是巴里格尔神甫，他正在做第三遍祈祷。

教皇之死

在外省的一座大城市里我度过了我的童年。那里有一条河流穿城而过，河水奔流不息，河上千桅林立，所以在我很小的时候，就爱上了水上旅行和水上的生活。特别是在一座名叫圣凡尚的人行天桥附近，有一段沿河堤岸。即使是在今天，我一想起它就会按捺不住内心激动的心情。

那钉在木桩顶端的牌子再一次浮现在我的眼前，上面写着：奥尔奈，小船出租。一座小楼梯延伸进水中，因潮湿而变得又黑又滑；楼梯旁边的水面上停着一排小船，由于刚刷过油漆，色彩十分鲜亮夺目，它们紧靠在一起，轻轻地摇晃着，似乎陶醉在自己的名字中了。“海鸥号、燕子号……”这些美妙的名字，都用白色的字母，写在每一条船的船尾。

河岸的斜坡上，摆放着很多等待晒干的长桨，桨上的铅白油漆在太阳底下闪着耀眼的光芒。奥尔奈老爹提着油漆桶，握着油漆刷，在这些长桨中间走来走去；他有一张古铜色的脸，粗糙的皮肤上布满了深深的皱纹，就如同是夜晚被冷风吹皱的河面……

啊！这个奥尔奈老爹。他是我童年的恶魔，让我又爱又恨；他是我罪恶和悔恨的源泉。因为他的小船，我不知道犯过多少过错！逃学，卖掉课本……是啊，为了划一个下午的船，我有什么不能卖的呢？

我把所有的课堂练习本都扔在船底，脱掉外衣，帽子就歪在后脑勺上，任头发迎着河面上的微风飘舞。我使劲划着桨，皱着眉头，就好像一个历尽风浪的老水手。在城区的河段上，船总是被我划到河的中央，与两岸保持同等的距离，因为要是离岸太近的话，就可能被久经风浪的老水手认出来。这么多舢板、筏子、木排、汽船，置身其间是多么神气的一件事情呀！

这些船擦肩而过，互相避让，船与船之间只隔着一条细细的水波！一些大船在河中央掉头，以便逆流泊岸，没想到掀起的波浪却推开了许多小船。忽然，在我附近一艘汽船转动起水轮，一个庞大的影子黑压压地罩过了我的头顶，原来是一艘运送土豆的货船。“小家伙，注意点!”一个沙哑的声音对我喊道。

我累得全身汗如雨下，奋力挣扎，在这船来船往、热闹非凡的河面上显得如此狼狈不堪。街上的场面，通过河面上的桥梁和人行步道，不时地穿插而过，把公共马车的倒影映射在船桨下的河水中。桥拱附近的水流是如此湍急：逆流、漩涡，一个又一个笑里藏刀的死亡之洞就这样构成了！可是要知道，一个12岁的孩子，在没有任何人帮他掌舵的情况下，要在这样的河面上凭着自己的双臂劈波斩浪，可不是一件简单的事。

有的时候要是运气好的话，我会碰上拖船。我就会赶紧搭在这长长船队的尾巴上，任凭它拖着行驶。我放下桨，它们就好像是张开了滑翔的翅膀，一动也不动地伸在水面上；放任自己静静地快速滑行，将河面划出一道道深深长长的浪沟；岸边的树木和房屋飞快地往后退去。

在我前方很远的地方，传来螺旋桨乏味的旋转声，拖船上有一条狗在汪汪直叫，一缕轻烟从船上低矮的烟囱里冒出来。这样的场景使我仿佛置身于长途旅行之中，就好像过上了真正的水手生活。

可惜的是，碰上拖船的机会还是比较少的。一般，我都不得不顶着烈日不停地划船。啊！正午的太阳直直的照射在河面上，好像到现在还在灼烧着我的皮肤。河水如同在燃烧一般，射出粼粼波光。嘈杂声漂浮在波浪上面，跟随着每一个浪涛而颤动；在这样的空气中，每划一下木桨，每从水中拉起湿淋淋的纤绳，都会带出一片耀眼的银光。我闭着眼睛划船，有的时候，我估摸着自己所用的力气，依据船下水流的速度，还以为船走得很快，可是，当我抬起头来，瞧见的居然还是河岸上的那棵树、那堵墙。

费了很大的力气，我终于将船划出了城外，但是这个时候我已经累得大汗淋漓、热得满脸通红了。河中洗浴的吵闹声、洗衣船的喧闹声、上下客趸船的嘈杂声都渐渐减弱了。河面变得宽敞起来，河上的桥也越发的少了。几座城郊的花园、几根工厂的烟囱时不时地倒映在水面上。地平线上，闪动着一点点绿意盎然的小岛。

我实在累得不行了，于是把船停靠在近岸边嗡嗡作响的芦苇丛里。在那里，因为日晒、辛劳，还有从闪闪发光的黄色大河上蒸腾而上的暑气，久经风浪的老水手也是会头晕眼花的，鼻子会不停地流血。每一次我的水上旅行都是到这里就告终。您还想怎样？我感觉这已经是非常美妙的了。

可是，把船划回来也不是一件容易的事情。虽然我奋力划桨，但是那还是无济于事，我回来的太晚了，放学的时间早已经过去很久了。夜幕逐渐来临，雾霭中一盏一盏煤气灯亮了起来，兵营吹响了归营的号角，这一切都使我添加了一丝不安与愧疚。那些在我面前走过、可以安安心心回家的人们，真是令我羡慕；我拼命朝前跑去，脑子里面装满了阳光和河水，沉甸甸的，耳朵深处依旧回响着贝壳撞击时清脆好听的声音。一想到我将要编造的谎话，我的脸已经变得燥热起来。

每一回我都会编出一个谎言，来对付在门口等待我的令人恐惧的问题："你到哪里去了？"最令我害怕的就是这样的审讯。我迫不得已在楼梯的平台上，在抬脚进屋的一刹那做出回答；我必须随时准备好一个故事、一个借口，越是令人震惊、令人骇异就越好，这样他们就不可能再问我其他的问题了。而我呢，也能够趁这个机会溜回屋子里，喘一口气。我可以不费吹灰之力就能够做到这一点。我能够编造出灾难、革命，以及各种各样恐怖的事件，比如城市的哪个地区发生了火灾，哪一座铁路桥坍塌在河里了等等。但是，我编造的最让人惊悚的谎话还属下面这一个：

那天晚上，我很晚才回家。母亲在楼梯上面已经等了我足足一个多小时。

"你去哪儿了？"她对我喊道。

谁也猜不到孩子的脑袋瓜里会编出怎样的调皮恶作剧！可是因为那天

回家太过于匆忙所以我什么理由都没有编好，什么谎话都没有想到……

忽然，我的头脑里出现一个荒唐的念头。我清楚我亲爱的母亲十分的真诚，是一个如同罗马人一样的狂热的天主教徒，因此我激动得上气不接下气地说：

“噢，您不知道……妈妈……”

“怎么回事……出了什么事情……”

“教皇死了。”

“教皇死了！……”

可怜的母亲不断重复这样的话语。她倚靠在墙上，脸色显得尤为苍白。我赶紧趁机会溜到房间，让自己的胜利和如此大的谎话给吓坏了。可是，我依旧鼓足了勇气，要把这个谎话坚持到底。我还清楚地记得那个悲伤而温馨的夜晚，父亲脸色沉重，母亲惶恐不安……

大家围坐在餐桌旁低声地说着话。我不敢将眼睛抬起来。一家人陷入深深的悲痛中，我的逃学，已经没有任何人再提起了。

所有的人都开始争先恐后地怀念教皇庇乌九世的美德；这之后，话题慢慢地转移到了历代教皇的故事上面去。罗斯姑妈讲起了庇古七世，她清楚地记得自己以前在南方见到过他，那个时候教皇坐着驿车，两边还有军警作护卫。大家也不禁忆起了教皇和皇帝那次著名的争吵：“喜剧！……悲剧！……”这可怕的故事我已经听了无数遍了，而且每次讲总是那几种音调、那几个手势，那种世代相传并且一成不变的家庭传统继续着，显得既幼稚又土气，宛若修道院里的故事。但是没关系，这故事好像从未有这么有趣过。我一边听一边叹着气，问着问题，做作地装出一脸十分感兴趣的样子。可是我在心里却不住地说：“明天早晨，当他们了解教皇还没有死，将会十分高兴，那样就不会再有人来责怪我了。”

想到这里，我的眼睛很自然地闭了起来，似乎是看见了一只只蓝色的小船，漂浮在索恩河暑气氤氲的水面上，银蛛张着长脚在那里爬来爬去，如同钻石一般，在光滑如镜的水面上划出一道道波痕。

红山鹑的感愤

您知道，山鹑一般是成群结队地飞翔的，一起在田间低洼的犁沟里休息，稍有一点风吹草动就会一哄而散，直插云霄，就像是一把撒出去的种子。我们这群山鹑数量众多，并且十分快乐，住在一片大树林的边上，树林两旁有猎物和舒服的栖身巢窝。所以，自从我羽毛丰满、学会奔跑之后，我就无牵无挂，生活得十分悠闲。可是，有一件事却一直令我有点担心，就是关于狩猎的开禁令。母亲们早就为这件事议论纷纷了。可是，我们山鹑家族有一位长辈经常安慰我说："不要害怕，小红鸟——因为我的嘴和脚都是红色的，大家都管我叫小红鸟——不要害怕，小红鸟。开禁的那一天，我会带你走的，我保证你的安全。"

这是一只年长的精明的公山鹑，尽管他胸前早已经长出了马蹄形的红色羽毛，并且有的地方羽毛已经变成了白色，可是他依旧动作矫健。年轻的时候，他的翅膀被一颗铅弹打中，这样他活动起来比较笨拙，因此在起飞之前，他总是先看看自己的翅膀，才飞上天。他经常把我带到树林的入口处，那儿有一幢奇特的房子，搭在栗树林里，门总是关着的，寂静无声，没有人居住的迹象。

"认认真真看看这幢房子，小家伙，"老公山鹑对我说，"如果你看到屋顶上升起炊烟，门窗洞开，那么我们的灾难就来临了。"

我相信他说的话，我相信他一定看到过门窗打开的景象。

果然，一天早晨，天刚蒙蒙亮，我就听到一个声音在下面的犁沟里叫我……

“小红鸟！小红鸟！”

原来是我的朋友老公山鹑。他的眼神很是奇怪。

“快点，”他对我说，“快跟我走。”

我睡眼瞢然地跟着他，就像是老鼠一样偷偷地行走在土块中，既不能飞也不能跳。我们朝着树林的方向走去；一路上，我看到小屋的烟囱里升起了炊烟，窗户里透出灯光，敞开的门前有几个全副武装的猎人，他们的身边有几只活蹦乱跳的猎狗。我们路过那里时，听到其中一个猎人说道：

“上午去平原上打猎，下午再到树林里打。”

我这才知道为什么我的老朋友要领我们来到大树底下。但是，一想起还在树林外的可怜的朋友们时，我的心就不能安定下来。不知道他们现在怎么样了？

当我们来到树林边的时候，猎狗突然向我们扑来……

“趴下！趴下！”老公山鹑一边朝我喊，一边趴下身子。

就在这个时候，在距离我们十步远的地方，一只鹌鹑惊惶失措地伸开翅膀，张大嘴巴，惊恐地一边尖叫，一边飞起来。一声巨响之后，我们接着便被笼罩在尘土之中；这尘土散发出一阵奇怪的气味，颜色是白的，温度很高，尽管太阳刚刚升起。我非常害怕，跑也跑不动了。还好我们进了树林。我的老朋友坐在一棵小橡树背后，我向他跑去。我们就这样躲着，透过树叶观察外面。

这时，田野上响起了可怕的枪声。每次枪响，我都惊慌地闭上双眼；当我再次睁开双眼时，看到空旷的田野上，猎狗们来回奔跑着，像疯子一般绕着圈子，在干草间、草垛里到处搜索。在它们身后猎人们一边咒骂，一边叫喊；长枪在太阳下一闪一闪地发着光。有时候，我好像在硝烟之中看见树叶飘散着飞扬开去——虽然周围没有任何树木。我的老公山鹑朋友告诉我说那是羽毛；显然，在我们面前一百步远的地方，一只美丽的灰色山鹑全身被血染透，栽在犁沟里。

当太阳高高升起，并且天变得十分炎热时，枪声突然停止了。猎人们回到小屋，屋里传出火燃烧树枝的噼啪声。他们卸下枪，彼此聊着天，谈论着每一枪的得失；此时，猎狗们拉长了舌头，筋疲力尽地紧随在他们身后……

“他们要吃午饭了，”我的老朋友对我说，“我们也该去填饱肚子了。”

我们走进树林边上的一块荞麦田里，田地很大，黑白相间，荞麦已经开花结果了，散发出杏子的香味。有几只全身长着一身漂亮金色羽毛的野鸡也在那里寻找食物，它们低下红色的鸡冠，避免被猎人发现。啊！它们可没有平日里的神气了。它们边吃边向我们问消息，问是否有我们的同伴被打死。这时候，猎人们原本安静的午餐变得喧闹起来；我们听到酒杯相碰撞和酒瓶的瓶塞被打开的声音。老公山鹌建议我们应该回到藏身之处去了。

这个时候，树林安静极了。鹿们平时喝水的小水塘，此时却也静得可怕。欧百里香丛中也没有一只嚼食的兔子。唯一能感受到的是一阵阵神秘的抖动，好似每一片树叶、每一棵小草下都隐藏着一个受到威胁的生命。树林里猎物的藏身之处很多：洞穴、树丛、柴薪、荆棘以及沟渠。这些沟渠在雨后能蓄很长时间的水。说真的，我期望能躲在这样的一个洞穴里；可是我的老朋友却更希望待在露天的地方，因为那里天高地阔，可以看得更远，感受到眼前宽敞的空间。

我们真是走运，因为猎人们到了树林里来了。噢！这第一声树林中的枪响，就像4月的冰雹刺穿树叶，在树皮上留下弹孔的枪弹，我一辈子也忘不掉的。一只兔子伸开爪子，抓起一绺小草，穿过小路逃走了。一只松鼠从栗树上溜了下来，青色的栗子掉落一地。两三只肥胖的野鸡笨拙地飞了起来。枪声惊醒了树林里所有的动物，让它们感到惊恐不安；枪响的同时，低矮的树枝间、枯萎的树叶里传来一阵凌乱的吵闹声。田鼠偷偷地溜向洞穴的深处。一只鹿角锹甲虫从我们躲避的大树凹缝里钻了出来，痴呆的大眼睛转动着，恐惧得一动也不动。还有蓝蜻蜓、大熊蜂、蝴蝶，这些可怜的昆虫都惊恐得四处乱飞……甚至有一只猩红色翅膀的小蝗虫，竟然停留在我的嘴边；而我也太惊慌了，没能抓住这胆小的猎物饱餐一顿。老公山鹌则总是这么冷静。他非常留意狗吠声和枪声。当它们临近时，他就会对我做一些手势，我们就躲得更远一点，避开猎狗的跟踪，潜藏在树叶丛中。

可是有一次，我真的认为我们完了。我们要穿过的那条小路两头各有一个猎人在埋伏着。一头是一个长着络腮胡子的高个子年轻人，他每动一下，工具就在身上发出叮当的响声：猎刀、子弹盒、火药盒，还有长及膝盖的高高的护腿甲；另一头是一个小老头，他靠着树上，安静地吸着烟斗，眨着眼睛，像是快要睡着的样子。我害怕的不是这个人，是那边的大个子……

“你听见什么吗，小红鸟？”我的朋友笑着对我说。之后，他张开翅膀，镇静地从那个可怕的黑髯猎人两腿之间飞了过去。

其实，那可怜的人被他的打猎装备束缚住了，并且只顾着从头到脚自我欣赏，所以等他从肩上取下枪来，我们早已飞得很远了。哈！这些猎人，当他们认为在树林一角只有他们的时候，其实有无数双小眼睛在灌木丛里关注着他们，还有无数只尖尖的小嘴紧闭着，避免自己因他们的笨拙而笑出声来！……

我们不停地向前赶路。除了紧紧跟随我的老朋友之外，我没有别的办法；他张开翅膀，我也张开翅膀；他停下来，我也赶紧收拢翅膀，一动也不敢动。至今我还记得我们经过的所有地方：一片粉红色的欧石楠，满是布满洞穴的黄色树根；密密麻麻的橡树，我觉得里面四处都暗藏着杀机；还有那条绿幽深的小径，很多次我的山鹑母亲在5月的阳光下沐浴，带着孩子们在这里散步，我们跳来跳去，啄食着爬到我们脚上的红蚂蚁；我们常常遇到一些不可一世的小野鸡，它们身体和母鸡一样笨重，只是不愿和我们一起玩耍。

我恍惚在梦中又来到了这条小径。一头母鹿正要经过，它个子很高，纤细纤细，眼睛大睁，随时准备跳跃。还有那水塘，我们经常三五成群地到那里去欢聚，大家都从同一个家族来，只要一分钟就能从平原飞到这儿饮水，溅起的水珠顺着我们漂亮的羽毛往下滑落……

水塘中央，是一丛十分茂盛的小桤树，我们就在这个小岛上躲藏。猎狗要想来这里来找我们，那得需要有十分灵敏的嗅觉才行。我们在那儿躲藏了好久，这时来了一头鹿，它的一条腿受伤了，红色的血迹染在了身后的青苔上。这景象真是悲惨，以至我不忍心看，把头钻进了树叶丛中；可是我依然能听的受伤的鹿忍着剧痛，喘着粗气，在水塘中喝水……天渐渐黑了。枪声逐渐远离，稀疏下来。之后，一切又恢复了平静……

终于结束了。于是我们悄悄地回到平原，打听同伴们的消息。经过那幢木屋的时候，我看到了恐怖的一幕。

在一条沟渠边缘的突起处，并排地放着一只只红毛大野兔和白尾小灰兔的尸体。它们的小爪子紧扣在一起，好像是在祈求不要杀他们；它们的双眼暗淡，好像是在哭泣。还有红色的大山鹑，灰色的小山鹑，它们和老公山鹑一样，胸前也长着马蹄形的红羽毛；还有今年刚出生的幼山鹑，它们和我一样，羽毛下的绒毛还没有褪尽呢。您知道有什么能比这场景更悲惨吗？它们的翅膀以前是那么有活力！看到他们现在冰凉地合拢在一起，我不住地颤抖……

一头高大漂亮的鹿安静地躺着，仿佛睡着了似的，他的小舌头露出嘴巴，就像还在舔什么东西。猎人们在那儿，俯身看着这些被他们屠杀的猎物，他们边数边拖着还在滴血的爪子和破损的翅膀，把猎物装进口袋；他们对尸体上的伤口毫不怜悯。猎狗已被戴上颈套，准备回家，可它们仍然像发现了猎物一样，在那里舔着嘴唇，好像随时准备冲进树林。

啊！一轮夕阳落下山头，猎人们拖着疲惫的身躯离开了，把他们长长的身影留在土堆上，留在被夜露打湿的小路上。此时，我咒骂他们，仇恨他们，这些可恶的猎人和猎狗！……

我和我的老朋友，都没有平时那样的勇气，面对这正在消逝的白日，唱起离别的歌儿。在回家的路上，我们遇到很多不幸的小动物，它们被流弹打中，倒在那里，身上满是蚂蚁；田鼠的嘴巴上粘满了尘土；喜鹊和燕子在飞行时被打落，仰天躺着，僵硬的脚爪伸向夜空。夜色很快来临了，地上变得潮湿，就像秋天一样。然而最让人伤心的，还是从树林边、草地旁，以及小河的柳树丛中传来的焦躁、凄凉、凌乱的呼唤声，但是回答这呼唤的，只有寂静的夜。

伯凯尔的驿车

这是我路上一天的事情。

我乘坐的伯凯尔的驿车，是一辆功能还不错的老式公共马车。它在回站之前根本没有很多路要走，一路上却东游西荡，一直挨到晚上，就像是从遥远的地方归来一样。如果不算车夫，车上总共才坐着我们五个人。第一个是一个来自卡玛尔格的看守，个子矮小，胖胖的，全身毛茸茸的，很粗鲁，大眼睛里满是血丝，耳朵上吊着双银耳环。然后是两个伯凯尔人，是一个面包师和他的女婿，两个人都是通红的肤色，大口喘着粗气，不过从侧面看，他们却很英俊，就好像两枚刻着图利乌斯头像的罗马像章。还有一位坐在前边靠近车夫的地方，是一个男子……不！那简直是一顶帽子，一顶巨大的兔皮帽子，他不太喜欢说话，只是神情凝重的地看着马路。

所有这些人都是熟人。他们无拘无束地大声议论着自己的事情。卡玛尔格人说他刚从尼姆归来，那是因为他用长柄叉戳了一个牧羊人而被诉讼法官传讯。卡玛尔格人都很容易激动……伯凯尔人也好不到哪去！车上这两位伯凯尔人正因为圣母的问题吵得不可开交。一直以来面包师好像一直属于信仰圣母玛利亚的那个教区，这位被普罗旺斯人称作“仁慈的母亲”的圣母，怀里总是抱着小耶稣；可女婿却正好与他不同，去一座新教堂做礼拜，而在这座教堂供奉的是无玷始胎的圣母，在她美丽的画像上，圣母微笑垂下双臂，满手散发出灵光。争论就是从这里开始的。看看这两位虔诚的天主教徒是怎样待对方还有他们的圣母的：

“她真美丽，你的无玷始胎圣母!”

“你还是和你那位慈祥的母亲一起滚蛋吧!”

“你的那位在巴勒斯坦常见的灰头发的慈爱母亲!”

“你那位呢，嚯！败坏的女人！没有什么她还有做过……不如去问问圣·约瑟夫吧。”

如果再有一些刀光剑影的话，您准会以为自己是在那不勒斯了！说真的，如果不是车夫介入的话，这一通有关神学的争论还真需要以拔刀相见来解决了。

“你们就让我们和你们的圣母都安宁一点吧。”

他笑着对两个伯凯尔人说：“这是关于女人的话题，男人不应当介入。”

之后，他打了个响鞭，本来人们还都面带质疑，现在大家都赞同了他的看法。争论结束了；而正起劲的面包师感到意犹未尽，于是转过身去，对着躲在一边、沉默忧郁的可怜的大帽子带着嘲讽的语气问：

“磨刀匠？你老婆，……她是属于哪个教区的?”

这句话必然蕴含着非常滑稽的意味，因为车上的人全都哄堂大笑起来……磨刀匠却没有笑。他就像没有听见。见他这样，面包师又转身问我：

“您知道他老婆吗，先生？她可是教区里一个奇怪的女人！像她这类人在伯凯尔找不出第二个。”

大家笑得更起劲了。磨刀匠还是很沉静；他只是低着头，小声说：

“面包师，闭嘴。”

但是这讨厌的面包师不想闭嘴，反而变本加厉地说：

“蠢货！你就不要发牢骚了，谁让你娶了这样的老婆呢……跟她在一起，你是不会感到无聊的……你想想！一个漂亮女人，每半年就会被拐走一次，回家时肯定会有很多故事讲给你听……可是没关系，这小两口都不寻常……先生，您想想，他们结婚还不到一年，他老婆就和一个巧克力商私奔到西班牙去了。

“丈夫待在家里，一个人一边喝闷酒，一边哭……

“他就跟疯了似的。过些时间，他老婆回来了，身着西班牙衣服，还带来一只小铃铛鼓。我们大家都对她说：‘快躲起来吧，他会杀了你的。’

“啊！是啊！我要杀了她……但他们却平静地重新在一起生活了，他甚至还跟她学会了敲巴斯克鼓呢。”

车上的人又大笑了起来。磨刀匠仍然躲在角落里，低着头小声地说：“面包师，闭嘴。”

面包师不理他，接着说：

“先生，也许您认为，他老婆从西班牙回来后就平静了……哈！才不呢……她丈夫的忍耐力太好了！这让她有了再犯一次的想法。西班牙巧克力商之后，是一个军官；之后是一个罗讷河上的船员；接着又是一个音乐家；再后来是……我也记不清了。

“最奇妙的是，每次总是以喜剧收场。女人离开后，丈夫伤心欲绝；等她回来，他就得到安慰。每次别人从他身边拐走她，每次他都能把她再收回来……这个丈夫实在是太有耐心了！但是必须承认，磨刀匠他那个可爱的老婆确实很漂亮……简直就是一只名不虚传的云雀：活泼、可爱、苗条；而且她皮肤白净，眼睛是榛子颜色的，总是笑眯眯地看着男人……真的，巴黎人，要是有一天您从伯凯尔路过的话……”

“噢！面包师，不要再说了，我求求你了……”

可怜的磨刀匠，再一次用哀求的语调说。

这时，驿车停了下来了。我们抵达了昂格洛尔农场。在这里两位伯凯尔人车了。我可以发誓，我对他们没有丝毫依恋的感觉……这个喜欢捉弄人的面包师！他已经走进了农场的大院，那里依然不时传来他的笑声。

这俩人走了之后，驿车就像是空了一样。卡玛尔格人在阿尔勒下了车；车夫下车步行，和马儿并排走；车上只剩下磨刀匠和我，我们各自坐在位子上，谁也不说话。天气很炎热；马车的皮斗篷就像烧着了一样。有时，我感觉到眼皮很累，脑袋也越来越重，却怎么也睡不着。我的耳朵里总是萦绕着“住嘴，我求求你了”这句话，那么凄凉和软弱……那个可怜的男人也没有睡着。我从后面看见他宽大的肩膀在颤抖，他那苍白而笨拙的手在长椅的靠背上抖动，仿佛一只老人的手。他在哭……

“您该下车了，巴黎人！”

忽然车夫对我喊道，他用马鞭指着翠绿的山岗让我看，山岗上矗立着大蝴蝶一样的风车。

我赶紧下车……走过磨刀匠身边的时候，我试图去看帽子下的容颜！我希望在走之前看他一眼。这个可怜的人好像了解我的心思，猛地抬起头，看着我的眼睛：

“朋友，好好看看我吧。”

他用沉闷的声音对我说：

“如果有一天，您听说在伯凯尔发生了一件悲惨的事情，您应该能猜到那个行凶的人是谁。”

那是一张忧伤而没有神采的脸。眼睛里饱含着泪水，没有丝毫的光泽，但话语中却满是仇恨。仇恨，是弱者的愤怒！……如果我是磨刀匠的老婆，我应该会小心的……

科尔尼耶老板的秘密

伏朗塞·玛玛依是一个上了年纪的短笛手。他经常到我家和我一起喝酒聊天，以此来打发漫漫长夜。一天晚上，他向我讲了村子里20年前的一个小故事，并且我的磨坊恰好是故事的见证人。我被老人的故事深深地打动了。现在，我就把我听到的完完整整地转述给您吧！

亲爱的读者，现在请您想象一下，在您面前的是一壶醇香四溢的葡萄酒，一位上了年纪的短笛手在给您叙说故事。

我亲爱的先生，我们这个地方从来没有像今天这样的枯燥乏味、死气沉沉，听不见丝毫歌声。从前，这里有经营着规模宏大的磨坊业，方圆10法里之内农场里的人都把麦子送到我们这儿磨成面粉……村子周围的山坡上长满了风磨。放眼望去，磨坊的风翼迎着密史脱拉风，在松林上转个不停，驮着口袋的小毛驴一长串一长串地排着队，顺着山路上上下下。每周一到周六，每天都能听见山坡上帆布风翼的噼啪声、磨坊帮工们赶牲口的“驾，驾。吁！”的吆喝声、鞭子声交织成一片！一到星期天，我们就成群结队走到磨坊，在那儿，磨坊的男主人们用麝香葡萄酒招待大家，女主人们则胸佩金十字架，头披花边头巾，漂亮得跟皇后一样。而我，通常是带着我的短笛，人们跳着法兰多拉舞到深夜。您看看，这些磨坊那时可真是为我们这儿带来了欢声笑语。

可惜的是，那些巴黎的法国佬要在通往塔拉斯孔的公路上建造一家蒸气磨粉厂。通常来讲新的总是好的！人们渐渐习惯将麦子送到那家磨粉厂区加工，这些落后的风力磨坊因此没有了生意。刚开始，它们还试着抗争了一段时间，但蒸气磨粉厂占了上风。唉！磨坊一家接着一家倒闭，真是让人伤心啊！……再也见不到小毛驴一长串一长串上山的场面了……漂亮的磨坊女主人们卖掉了她们的金十字架……人们再也没有麝香葡萄酒了，也没有跳法兰多拉舞了！……密史脱拉风不管怎样吹都无济于事，磨坊的风翼依然纹丝不动……然后，有一天，乡政府让人把这些破房子全部推倒，在那里种上了油橄榄树和葡萄。

然而，在其他磨坊纷纷破产的时候，有一座磨坊却意外的坚持住了，在蒸气磨粉厂的眼皮子底下，风翼继续坚强地转动着。这就是科尔尼耶老板的磨坊，也是现在我们所在的这个秉烛夜谈的地方。

科尔尼耶老板是一个老磨坊主，与面粉已经打了60年交情，他偏执地热爱着他的这个行当。蒸气磨粉厂的兴建几乎害他到发疯。整整一个星期，人们发现他跑遍了整个村子，把大家召集在他的周围，声嘶力竭地冲着大家喊道：有人要用蒸气磨粉厂的面粉毒害普罗旺斯。“别去那些磨粉厂，”他说，“这些坏蛋用蒸气磨面粉做面包，那是魔鬼的发明；但是我是靠特拉蒙塔纳风和密史脱拉风来磨面粉的，它们是仁慈天主的呼吸……”类似如此，他找出一大堆动听的话来颂扬风磨，却没人去理会他。

于是他恼羞成怒，这位老磨坊主将自己一个人关在磨坊里，过一个人的日子，犹如野兽一般。他甚至不愿意把他的小孙女维薇特带在身边。这孩子才15岁，自从父母离世之后，她在这个世界上唯一的亲人就只是祖父了。这个不幸的孩子只得自己去谋生，到农庄去帮工，要么帮人割麦、养蚕，要么采油橄榄。然而，她的祖父好像又很疼爱这个小孙女。他常常顶着毒辣的太阳，徒步走上4法里路，到她帮工的地方去看她，在她身边一连待上好几个小时，一边流泪，一边看她……

村庄里的人都是这么认为，是老磨坊主把维薇特赶走的，他就是出于吝啬：这样任由他的小孙女从一个农庄流浪到另一个农庄，让她小小的年纪就受尽年轻仆役的所有苦难和工头们的粗鲁对待，这并不能给他增光添彩。同样让人觉得无法接受的是，像科尔尼耶老板这样有声望、过去一直自尊自重的人，到现在却如同一个波西米亚人一样，戴着破帽子，系着破腰带，光着脚，走在大街上，看起来确实不像样子……事实上，每到星期天，人们注意到他还进教堂做弥撒。我们这些上了年纪的人都为他感到害臊；科尔尼耶老板也意识到了这一点，因此，他不再坐到前排贵人的坐席上。如今，他总是坐在教堂最后面靠近圣水缸的地方，同那些穷人们坐在一起。

在科尔尼耶老板的一生里，还有令人费解的地方。长久以来，村子里很早之前就没有人把麦子送到他那里磨了，而他磨坊的风翼却依旧像以前一样转个不停……每到夜幕降临的时候，人们往往会在路上碰到这位老磨坊主，他驾着毛驴，毛驴身上驮着的是大袋大袋的面粉。

“科尔尼耶老板，晚上好!”村里人大声向他问好，“磨坊的生意一直还好吧?”

“总是这么好，我的孩子们，”老人非常高兴地回答，“感谢上帝，活还真多。”

这时，假若有人问他从哪个鬼地方揽来如此多的活，他总会把一根手指压在嘴唇上，郑重其事地回答：“别声张！我做的是出口生意……”再进一步问，他就再也不做任何回答了。

至于像要走进他的磨坊看看这种要求，那就想也别想。甚至小维薇特也进不去……

每当人们从磨坊前路过的时候，总是看见大门紧闭，大风翼一直在转，一头老驴在平地上吃着青草，一只瘦骨嶙峋的大猫在窗台上晒太阳，还恶狠狠地望着你。

所有一切都显得那么神秘，不得不让大家猜想纷纷。每个人都按自己的推断，猜测着科尔尼耶老板的秘密，然而大家却一致认为，在他的磨坊里，装的口袋比装面粉的还多。

然而，时间一长，真相终于水落石出了。原来事情是这样的：

有一天，当我吹着短笛给年轻人跳舞和乐，却察觉到我的大儿子和小维薇特恋爱了。事实上，我并不认为这样不好，毕竟，科尔尼耶这个名字在我们这儿还是很受尊敬的，更何况，要是见到维薇特这只美丽的小麻雀在我家欢快地蹦跳，也会使我感到高兴的。只是这对恋人幽会的机会太多，我怕他们会出什么乱子，因此立刻想把这件事安排妥当。接着我上山去了磨坊，和她的祖父商量这事……啊！这个老巫师！您倒是看看他用什么态度接待我的！我们根本没有办法让他将门给打开。透过门上的锁洞，我才好不容易向他说明了来意；而在我说话的时候，那只该死的瘦猫，一直像个魔鬼似的待在我头顶上，凶狠地喘气。

还没等我把话说完，老头就非常粗暴地朝我高声吼叫，让我滚回去吹我的短笛，还高喊说，要是我急着给儿子娶亲，上面粉厂去找那些姑娘……您可以猜到，听到这些荒唐的话，我真是气急败坏；不过还好，我依旧用强烈的理智在控制着自己，而后，把这个老疯子留给他的磨盘，回家把我的遭遇讲给了孩子们……这对可怜的小羊羔完全不能相信；他们求我发发慈悲，让他们两个一道去一趟磨坊，再去和祖父谈谈……我实在不想拒绝他们。于是，这对恋人便一同去了。

他们来到磨坊的时候，科尔尼耶老板刚好出去。门上挂着两把锁；然而出门的时候，老人却把梯子忘在了外面。接着，两个孩子马上想到可以从窗户钻进去，探探这所大名鼎鼎的磨坊里究竟有些什么特别的东西……

真是怪事！磨粉房是空的……没有一颗麦粒，没有一只口袋；墙上和蜘蛛网上，连一丁点面粉屑都没有……以往，磨坊里总是充斥着小麦碾碎后暖烘烘、香喷喷的气味，然而在这儿却一点也闻不到。磨轴上蒙着一层灰尘，那只瘦骨嶙峋的大猫卧在上面睡觉。

楼下的房间也是一片凄凉的破败场景：几件破衣服，一张破床，楼梯台阶上放着一小块面包，三四个口袋堆在角落里，里面露出一些白粘土和石灰渣。

这就是科尔尼耶老板的秘密！为了拯救磨坊的声誉，让人们认为还有人在他那儿磨面粉，他每天傍晚在路上用小毛驴在路上驮来驮去的，就是这些石灰渣……不幸的磨坊！悲惨的科尔尼耶！蒸气磨粉厂的老板们已经抢走了他最后的顾客。磨坊的风翼仍旧转动，可磨盘却是在空转。

孩子们满眼泪光地回来了，将他们看到的场景讲给我听。我的心都碎了……我马上跑到邻居们家中，长话短说地把真相讲给他们听，我们决定，应该立刻将各家所有的麦子，都运到科尔尼耶老板的磨坊去……说做就做。全村的人都来了，人们赶着毛驴来到山上，毛驴上驮着麦子——那可是实实在在的麦子！

磨坊的门开得大大的……科尔尼耶老板正坐在门前的一袋石灰渣上，双手抱着头放声痛哭。他刚回来，意识到他不在家的时候，有人进了他的磨坊，发现了他悲惨生活的秘密。

“我真是不幸啊！”他说，“如今，我只有一死了之……磨坊的名誉败坏了。”

他哭得极其伤心，还用亲热的名字叫他的磨坊，跟它说话，好像它是一个活人似的。

这时候，毛驴们来到了磨坊前的平地上，我们大家犹如从前来磨坊那样，放声大叫：

“嗨！科尔尼耶老板！……嗨！磨粉！”

只见一袋袋麦子被堆到了门前，到处都是撒在地上的漂亮的金灿灿的麦粒……

科尔尼耶老板瞪圆了眼睛。他用苍老的双手捧起一把麦子，捧在手心，又笑又哭地说：

“老天爷啊！……这是麦子！……上等的麦子！我要看看它。”

接着，他转过身来对我们说：

“啊！我就猜到你们会再来我这儿来的……那些磨粉厂主们，他们是一群强盗。”

我们想把他高高地抬起来，抬到村子里去欢庆。他却高叫着：

“我的孩子们，不要，不要；我要先去看看我的磨坊……你们瞧！它已经有很长时间没有吃过东西了！”

可怜的老头奔过来跑过去，手忙脚乱的，又是看磨盘，又是解口袋；随着麦子慢慢被碾碎，面粉纷纷扬起，一直洋溢到磨坊顶上。望着这一切，我们每个人的眼里都噙满泪水。这就是我们给他的补偿：从那天起，我们再也没有让老磨坊主少活干。

后来，一天早晨，科尔尼耶老板突然离世了；我们这儿最后一座磨坊的风翼也停止了转动。这次是真的永远停止了……科尔尼耶去世了，没有人来接手他这一行。这还能有什么办法呢，先生！……在这个世界上任何东西都是有个尽头的。应该承认，风磨就像罗讷河上的马拉驳船、大革命前的最高法院，和贴着大花图案的礼服一般，它的时代已经一去不复返了。

散文诗

今天清早，我一打开房门，就发现磨坊四周有一层厚厚的白霜，宛如铺了一层地毯一般。草像玻璃一样闪闪发光，人走在地上踏着霜发出喀嚓喀嚓的声音；整个山岗都在瑟瑟发抖……最终还是有一天，我可怜的普罗旺斯被装点成了白色王国。我在一簇簇盛开着水晶花束的薰衣草丛中，在结满霜花的松露中，写下了这两篇颇具日耳曼浪漫风格的散文叙事诗；这时，霜花照耀的是闪烁的白光，万里晴空中，仙鹤是从亨利·海涅的故乡飞来的，排成三角形队伍，又向南方的卡玛尔格飞去，还不住地叫着："天冷了……天冷了……天冷了。"

王储之死

小王储病了，小王储已经快要病死了……王国里所有的教堂都不分昼夜地陈列着圣体，燃烧着大蜡烛，为王子祷告，希望他早日康复。古老王宫四周的大街变得异常忧郁而冷清，教堂的钟不再敲响，马车也轻轻慢行……好心的市民们在王宫周围聚集着，透过栅栏，看着在院子里威严的御前卫士身披金甲，他们在低声交谈着。

整个王城都忙得乱成一团……总管们、侍从们顺着大理石台阶跑上跑下……走廊里站满了青年贵族和朝臣，他们身穿丝绸从这一群人跑到那一群人，悄悄打听着王储的消息……在宽阔的石阶上，哭成泪人的宫廷贵妇们一面行着屈膝大礼，一面用好看的绣花手帕擦着眼睛。

花园里有很多穿着长袍的御医。透过窗户，能够看见他们黑色的长袖在挥舞着，毕恭毕敬地低下戴着假发的脑袋……骑术老师和小王储的师傅在门前来回踱着步，恭候御医们的诊断。一帮小厨子从他们身边经过，也没向他们敬礼。骑术老师如同异教徒那样发誓赌咒，王储的师傅则朗诵着贺拉斯的诗句……此时，一声悠长、悲哀的嘶鸣从远处的马厩里传来。那是小王储的栗色马在悲伤地呼唤着马夫。他已经忘记喂它；马槽里空无一物。

国王呢？国王陛下在何处呢？国王一个人，把自己锁在城堡尽头的一间房间里……君王们不愿意别人看见他们流泪……但是王后则另当别论……她坐在小王储的床前，漂亮的脸庞流满伤心的泪水，如同一个纺织女工，当着众人的面失声痛哭。小王储静静躺在镶着花边的床褥里，脸色比他身后的靠垫更加苍白，他闭着眼睛，正在长睡。人们认为他睡着了，实际上他没有。小王储没有睡着……他翻身朝向他的母亲，发现她在哭，就说：

“母后，您为什么哭？莫非您也以为我真的就要死了吗？”

王后准备回答，可她抽泣得说不出话。

“母后，不要哭；别忘了我是王子，王子是不会就这样死去的……”

王后哭得更伤心了；小王储开始有些害怕。

“哎呀，”他说，“我可不想被死神拉去，我可以阻止他来到这里……立即给我调40个强悍的德国雇佣兵来，让他们守候在我的床周围！……再命令100门大炮点燃引线，在窗下日夜守候！如果死神胆敢手持长槊靠近我们的话，他就倒霉了！……”

为了让王子开心，王后做了一个手势。院子里立刻传来大炮滚动的声音；40个勇猛的德国雇佣兵排列在房间的四周，他们全部都是蓄着灰色小胡子的老兵。小王储看到他们，鼓起掌来。他认出了其中一个，便叫到：“洛兰！洛兰！”

雇佣兵向床边迈了一步。小王储说：

“我很欣赏你，我的老兵洛兰……让我瞧瞧你的大马刀……如果死神想把我带走，你是会去杀死他的！对吗？”

洛兰回答：

“殿下，是的。”

两颗豆大的泪珠从他苍老的脸颊上流下。

这时，神甫来到小王储身旁，给他看一个钉着耶稣的十字架，还低声对他讲了很长时间。小王储一脸惊讶地听他说，突然打断了他的话：

“我完全清楚您的话，神甫先生；但是，即使我给我的小朋友贝波很多钱的话，他不就能取代我去死吗？”

神甫仍然对他低语着，小王储变得越发惊讶了。

神甫讲完之后，小王储长长地舒了一口气，说：

“您跟我讲的所谓那里的一切真是太令人悲伤了，神甫先生；然而，有一件事让我感到安心，那就是在星星的世界里，我依然是王储……我清楚上帝是我的亲戚，他会按照我的身份款待我的。”

然后，他朝母亲转过身，接着说：

“叫人把我最美丽的衣服拿来，我的天鹅绒鞋子和白鼬皮上衣！我要让天使看到我的勇敢，我要穿着王储的衣服去天堂。”

神甫第三次朝小王储俯下身去，小声对他说了好久……他只说了一半，小王子就愤怒地打断他说：“如你所言，”他怒斥，“做王储什么意义都没有了！”

而后，小王储什么话也不想听，转身朝着墙壁，哭得十分痛苦。

专区区长下乡

区长先生到外面视察。前有车夫，后有随从，他被专区的马车载着，去出席仙女斜谷的地区竞赛。为了纪念这个值得写入历史的日子，区长先生特意穿上了他那件美丽的绣花外套，头戴高顶小礼帽，带着装饰有珍珠手柄的盛会宝剑，身着镶着银边的紧身短裤……他的膝盖上有一只大公文包轧着花革。

区长先生神情焦虑地望着那只轧花革的大公文包：他在思考着一会儿将在仙女斜谷居民们面前发表的非同一般的演说：

“女士们，先生们，亲爱的居民们……”

然而，他习惯地捻着如同是丝绸般润泽的棕色颊髯，接连着重复了二十多次：

“女士们，先生们，亲爱的居民们……”他老是说不上来演讲词的下文。

演讲词的下文衔接不上 马车里是如此的闷热！……去往仙女斜谷的公路一眼望不到尽头，在南方的烈日下飞尘满天……空气似乎在燃烧……白色的灰尘被路边的小榆树覆盖了，成千上万只知了在树丛中高声鸣唱，一切都此起彼伏……猛地，区长先生一阵战栗：他看见山丘脚下有一片绿色的小橡树林，好像正在给他打招呼。

绿色的小橡树林好像正在向他招手似的：

“区长先生，请到这儿来；在我的身体下，您能够更加舒服地思考您的演说……”

区长先生禁不住诱惑。他跳下马车，命令他的随从原地待命，他要到绿色的小橡树林里思考演说词。

绿色的小橡树林里有紫罗兰、小鸟，以及在细草下的泉水潺潺流淌……看见穿着漂亮短裤、提着轧花革公文包的区长先生，小鸟吃了一惊，马上停止了鸣唱；泉水也不敢再笑出声音，紫罗兰也藏进了草地……这个小小的世界向来没有见过区长，大家都在窃窃私语，这位威武的身穿银边短裤、来这里散步的大人物到底是谁。

在树叶下，大家都在相互询问着，这位身穿银边短裤的威武的大人物到底是谁……此时此刻，区长先生因树林里的阴凉和幽静而高兴不已，他撩起衣摆，把高顶礼帽放到草地上，在一棵小橡树脚下的青苔上；接着，他打开轧花革大公文包，从里面取出一大张公文纸。

“他可能是一个艺术家！”黄莺说。

“不，”灰雀答，“他不是艺术家，你看他穿着银边短裤；他更像是一个亲王。”

“他既不是亲王，也不是艺术家，”一只在专区政府的花园里唱了一季歌的老夜莺插话说，“我清楚他是谁，他是区长！”

整个树林都在回荡着：“他是区长！他是区长！”

“他的头顶可真秃呀！”一只长着大羽冠的云雀笑道。

紫罗兰问：“他厉害吗？”

老夜莺回答：“一点脾气都没有！”

听到这番表扬的话，鸟儿再次开始高歌，泉水再次开始流淌，紫罗兰也再次开始散发出芳香，就仿佛区长先生不在一样……在这片美妙的喧闹声中，区长先生心情静了下来，他拿着笔，一边在心中祷告农业诗神寻求灵感，一边用庆典演讲的语调高声宣读：

“女士们，先生们，亲爱的居民们……”

“女士们，先生们，亲爱的居民们……”区长用庆典演说的语调朗读……

一阵笑声将他打断了；他转过身时，发现一只肥大的啄木鸟站在他的礼帽上，笑嘻嘻地望着他。区长耸了耸肩，继续读他的演说；但啄木鸟又一次打断了他，从远处对着他叫：

“何苦呀？”

“什么！何苦？”区长的脸涨得通红，他一边说，一边挥手驱逐这只无礼的畜生，更加激动地再次朗诵道：

“女士们，先生们，亲爱的居民们……”

“女士们，先生们，亲爱的居民们……”区长却更加起劲地再次朗诵。

此刻，枝头的小紫罗兰向他直起身子，悄悄对他说：

“区长先生，您认为我们这样舒服吗？”

泉水为他在青苔下奏出一支美妙的乐曲；头顶的树枝上，一群群黄莺前来为他演唱最感人的歌曲：整个小树林都密切配合，不让他思考演讲词。

……区长先生沉迷在花香中，沉迷在音乐里，他徒劳地想抵御向他袭来的诱惑。他脱下漂亮的外衣，用肘把自己支撑在草地上，嘟嘟囔囔地又说了几遍：

“女士们，先生们，亲爱的居民们……女士们，先生们，亲爱的居……女士们，先生们，亲爱的……”

而后，居民们就被他抛到了九霄云外；农业诗神也只有蒙上面纱。

农业诗神，蒙上你的面纱吧！……

一个小时过去了，区长的侍从们开始为主人着急。他们冲进树林，被眼前的情景吓到了……区长先生躺在草丛中，衣服乱七八糟的，如同波希米亚人一般。区长先生脱下了衣服……他一面在嚼紫罗兰，一面在作诗。

金脑人的传说

——献给想听开心故事的女士

夫人，在读您的信的时候，我简直可以说我感到了内疚。我后悔自己的那些小故事里带有太多伤感的色彩，我决定今天一定送给您一些特别开心的东西。

另外，我为什么会闷闷不乐呢？我远离巴黎的雾霭，生活在长鼓和麝香葡萄酒之乡的一个阳光灿烂的山岗上。我所住的四周，只有音乐和阳光；我有白尾鸟的管弦乐队、山雀的合唱团；清早，杓鹬“咕哩！咕哩！”地欢唱着；中午，知了在歌唱；此外牧人吹起了短笛，有着一头棕发的美丽姑娘们从葡萄园里传来格格的笑声……

对发愁来说，确实选错了地方；我应该给夫人们寄去满满一篮子的爱情故事和一些玫瑰色的诗歌。

唉！不！我毕竟离巴黎太近太近。我每天都要被它把忧愁的苦水泼到身上，一直流到松树林里……就在写这封信的时候，我才得知夏尔·巴尔巴拉不幸惨死的消息；我的磨坊沉浸在哀痛之中。别了，杓鹬和知了！我再也写不出任何快乐的东西……因此，夫人，尽管我答应给您讲过一个滑稽、美丽的故事，可是今天我依然是要给您寄去一个令人伤感的传说。

从前，有一个金脑人。是的，夫人，整个脑袋全部是金的。他出生的时候，医生就断言这孩子活不了多久，因为他的头颅出奇的大，而且脑袋过分的沉重。然而他竟然还是活下来了，并且像一棵漂亮的橄榄树苗，在阳光下渐渐成长；不过他的大脑袋总是向下拖他拽他，看到他走路时脑袋总是撞到家具上，真是叫人心疼……他经常摔跤，一天，他从楼梯上滚下来，额头撞在大理石阶上，发出金属铸块一样的声音。大家都认为他死了，然而把他扶起来的时候，发现他却只受了点擦伤，金色的头发中夹杂着两三粒凝固的金屑。他的父母才明白孩子是长着一颗金脑袋的。

这一直是个秘密，连不幸的孩子自己都不知道。有时，他会在心里琢磨，为什么大人不让他和路上其他的孩子一起在门前玩呢？

“他们会把你抢走的，我的宝贝！”他母亲一直这样回答。

于是，孩子非常担心自己会被抢走；他什么也没有说，只是独自回家玩耍，拖着笨重的脑袋从一间屋子跑到另一间屋子……

等到他 18 岁的时候，父母才把这命运赐给他的这笔恐怖的财富告诉他。他一直被他们养育至今，所以他们要他把金子拿出一点来作为报答。孩子毫不犹豫，马上从头颅上抽下一块金子，如核桃般大小，骄傲地扔在母亲的膝盖上，至于是怎么取出金子的，用什么方法取出的，传说中没有说明……他脑袋里的财富使他得意忘形。他沉醉在自己的本领中，种种欲望让他发了狂。于是，他离开了父母的家，到社会上去挥霍财富。

他像国王那样过日子，挥金如土。看到他这个样子，人们都会说他的脑袋是取之不尽、用之不竭的……但是，随着时间的推移，这个脑袋在枯竭，人们看到他的眼睛在渐渐地黯淡，他的脸颊越发凹陷。终于，有一天早晨，在经过了一夜狂欢以后，不幸的人独自待在苍白的水晶吊灯和盛宴的残羹冷酒中间，可怕地看到自己的金脑袋上出现了一条很大的缺口：该是悬崖勒马的时候了。

以后，他过上了新的生活。金脑人走得很远很远，开始靠自己劳动的双手生活，他如同吝啬鬼一样小心翼翼、疑神疑鬼，逃避各种各样的诱惑，拼命地让自己忘掉那可怕的财富，再也不想碰它……不幸的是，在他的孤独生活中，他有一位朋友继续跟随他。这位朋友清楚这个秘密。

一天晚上，不幸的人突然惊醒，脑袋疼痛不已；他痛苦地直起身子，在月光下发现那位朋友在大衣里藏了一件什么东西，溜走了……

别人又夺走了他脑袋上的一大块金子！……

没过多久，金脑人恋爱了，这一次一切都完了……他从心底里爱着一个娇小的金发女子；那女子也爱他，可她更爱绒球、白羽毛，以及那些在靴子边来回摆动的漂亮金球。

在这个一半是娃娃、一半是小鸟的可爱女孩手里，金币一块一块地消失，这可真是一种赏心悦事。她欲望无穷，而他则从来不会拒绝她；因为他怕她难受，以至于他把关于自己财富的可怕秘密也都告诉了她。

“这么说，我们很有钱了？”她问。

不幸的人回答她：

“噢！是的，非常有钱！”

他充满爱意地对这只贪得无厌地啄食着他的头颅的小青鸟笑道。但是他也有感到恐惧的时候，禁不住想表现得吝啬一点；这时，年轻的女人便会欢快地走过来对他说：

“我的丈夫，你这么富裕！为我买一件贵重的东西吧……”

于是他就又为她买了一件非常贵重的东西。

这样的日子过了两年；然而，一天早晨，年轻女人莫名其妙地死了，如同一只小鸟一样飞走了……财富也被挥霍殆尽；鳏夫用仅剩的一点金子，为他可怜的亡妻举办了一个华丽的葬礼：钟使劲地敲着，四轮豪华马车披着象征死亡的黑纱，马儿装饰着羽毛，天鹅绒上装扮着银箔，在他看来，没有一样会显得过分美丽。如今金子对他来说已经丝毫没有用处了……他把金子施舍给教堂、抬灵柩的工人、卖不凋花的女商贩。他毫不犹豫地到处散发金子……因此，当他走出墓地的时候，神奇的脑袋上基本什么都不剩了，只不过一些碎金屑还粘在头颅的侧壁。

当人们发现他走在街上的时候，一副失魂落魄的样子，双手朝前伸着，就像喝醉了一样踉踉跄跄。夜里，当商店里灯火通明的时候，他停在一扇阔大的橱窗前；橱窗里摆满了衣料和饰物，被灯光照的闪闪发亮；他在那里等了很久，盯着一双镶有天鹅绒的蓝色绸缎靴子。“我知道这双靴子会让一个人非常的高兴。”他嘲笑地自言自语道；他竟然忘掉年轻女人已经去世，走进商店去买靴子。

在店铺后间的老板娘听到一声高叫，连忙跑来，却吓得直往后退：她看到一个男子站在那里，身子倚在柜台上，呆呆地痛苦地望着她。他一手拿着天鹅绒装饰的蓝色绸缎靴子，另一只手鲜血淋淋地朝前伸着，一些金屑还在指缝间存留着。

夫人，这便是金脑人的传说。

尽管这个故事貌似离奇，不过它却完全是真实的……这个世界上有一些人非常的可怜，他们的生计注定要靠出卖他们的脑子来维持，绞尽了脑汁，付出的都是上好的纯金，得到的却是生活中最最起码的东西。这对于他们来说是持久的痛苦；最终，在他们厌倦了这种苦难之后……

两家客栈

7月——炎热的月，烦躁的心——一日午时，我从尼姆起航归来。难以适应酷热的夏日。高挂在空中的烈日喷射着灼眼的光芒；亮堂的大路穿过一片小橡树园和橄榄园，无边无际，尘土飞扬，好像是被烧着了一样灼热滚烫。既没有一片绿荫，也没有一丝凉风；剩下的只有尖锐的蝉鸣和滚滚的热浪。这蝉鸣就像入魔的音乐一刻也不停歇，吵得人心里无比烦闷，在这让人无法忍受的天气里，好像在回应无边的烈日……

我漫无目的地游荡在荒无人烟的地里将近两个小时，终于，一切似乎梦境般不现实，在我前方，在翻腾着滚滚尘土大路中央，出现了一排白色的房屋。我的视线仿佛被粘住了一般，这就是人们所指的圣·凡尚驿站吗？那里有五六家农舍，红色屋顶的粮仓整齐地排成长排，一个干涸的饮水槽，隐藏在稀疏的无花果树丛中；驿站的旁边，在大路两旁面对面有两家大客栈。

相隔很近的两家客栈，呈现的却是迥然不同的两种景象。一边，是崭新高大的房子矗立一端，生意兴隆：客栈的每扇门都敞开着，驿车停在前面，卸了套的驿马，依然气喘吁吁；从车里下来的旅客，赶快走到路边的墙荫处，直忙着解渴；院子里挤满了车辆和骡子；车夫们则躺在草棚下避暑。客栈里，咒骂声、叫喊声、拳头敲击桌子声、台球的撞击声、碰杯声、开柠檬汽水的声音，所有的声音在混乱中交织成一片；但是，有一个声音却盖过了一切喧嚣，它既欢快又嘹亮，就连窗玻璃也都能感觉到在震动了：

“美丽玛格

黎明就动身

手提银水壶

到达清泉旁……”

对面的那家客栈却和这家客栈完全不同，一片死寂，如同被废弃一般。门口长满了野草，百叶窗残破不已，门上挂着一枝枯黄的枸骨叶冬青，就好像是一根老化的羽毛，门槛前的台阶居然是用路上的石块填塞的……

这种场面显得如此衰败可怜。假如有人肯进去哪怕只是喝一杯，那也可真是大发善心了。怀着好奇的心走进了客栈，我发现长长的大厅里却空无一人，显得死气沉沉的，灼人的阳光从三扇没挂窗帘的大窗户里照射进来，越发使大厅显得萧条和空寂。几张残缺的桌子上，上面凌乱地摆放着几只布满灰尘的酒杯；一张早就已经坏掉的台球桌上，挂着四只球袋，就好像是乞讨用的木碗；还有一个破旧的柜台、一张发黄的沙发，这些所有的东西都在浑浊闷热的酷暑中更加失去颜色。

居然还有苍蝇！这么多的苍蝇啊！感觉我好像从来都没有见过这么多的苍蝇，它们三五成群地停在窗玻璃上、天花板上、酒杯里……无处不在，一打开门，就传来一阵嗡嗡声，完全就像闯进了苍蝇堆里一样。

大厅里，有一个女人，站在一扇十字形的窗前，此刻她正靠着玻璃窗，全神贯注地盯着窗外。我对她叫了两声：

“嗨！老板娘！”

她这才缓缓地转过身。接着，让我印象深刻的是一张典型的被生活折磨得失去光彩的脸，皮肤干裂，满面皱纹，面黄肌瘦，脸颊淌满了泪水。她全身用镶着棕红色花边的长饰带披得满满的，就好像我们那儿常见的老太婆一样。实际上，这个女人年龄并不大，是众多的无奈才让她瞧上去比真实年纪老得多。

“您要什么?”她擦了擦泪水，然后问我。

“我就是想坐一会，然后喝上点东西……”

她诧异万分地看着我，站在那儿一动也不动，就好像是没听懂我说的话一样。

“难道这里不是客栈吗?”

那个女人叹了口气：“是的……这里是客栈，如果您愿意这样说的话……不过，您为什么不和其他人一样，到对面那家去呢？那里的氛围可要比这边欢快多了……”

“对我而言那儿实在是太嘈杂了……我更喜欢待在您这清静的地方。”

这之后，还没等她回答我，我就已经坐在一张桌子前面了。

直到这时，她才相信我的话是真的，随即又忙碌起来，她驱走苍蝇，打开抽屉，拿出酒瓶，把酒杯擦干净……我觉得对她来说，接待我这位旅客真是一件天大的事。偶尔，这个可怜的女人会停下来，捧着头，似乎仍旧在怀疑真有顾客愿意光顾或者自己长久以来已经生疏的待客之道会令这唯一的客人满意吗?

之后，她走进了内堂；我听到她抓了一大串钥匙，使劲地打开锁，在面包箱里不停地翻找某些东西，又是掸灰，又是吹气，又是洗涮盘碟。有的时候，还会传出一声长长的叹息，和一阵令人无法抑制的抽泣声……

经过差不多一刻钟的忙碌之后，我的桌前终于摆上了一块坚硬得好像砂岩一般的伯凯尔面包，一碟干涩的葡萄干，和一瓶带酸味的劣酒。

“您慢用。”这个可怜的女人一说完，立刻又回到了窗前，站在她先前一直待着的位置。

我一边喝酒，一边试着跟她说话。

“尊敬的老板娘，来您这儿的客人不多，是吗?”

“是的！先生，一直都没有什么人来……以前，这里只有我们一家客栈，那个时候情况可是大不一样的：我们有驿站，当捕猎海番鸭的季节来临时，猎人就都会来我们这家客栈歇息，所以说一年到头来一般都是门庭若市，车水马龙的……可是自从对面开了家客栈，我们就失去了所有的一切……大家都喜欢去对面。因为他们总是感觉我们店里实在是太寂静了……而事实上，我们的客栈也确实不太让人愉快。我长得不算漂亮，而且又患了疟疾，我的两个女儿也死了……

“但是对面却刚好相反，那儿很热闹很欢快。因为对面的老板娘是一个阿尔勒城的女人，长得确实是太美丽了，她的脖子上总是戴三圈金项链，身上也总是穿着带有花边的衣裙。马车夫是她的相好，而且总是把马车往她那里赶。另外，她那里还有一群美丽的女服务员……所以，顾客全都喜欢往她那里跑！雷德桑镇、贝汝斯镇、容基耶尔镇几乎所有的年轻人都是她的常客。车夫们宁可专门绕远路，也要去她那儿休息……但是我，却一天到晚待在这儿，可是却连一个客人也没有，进而容貌也渐渐老去。”

她跟我诉说着这一切，神情无动于衷，看似漫不经心，额头自始至终都靠在窗玻璃上，但显而易见的是，对面的客栈里有某种东西让她一直耿耿于怀……

一切都没有任何征兆，炎热的太阳似乎也在喘息的公路对面嘈杂起来。一如马车漫不经心地启程了，然后又扬起一片尘土。只留下马鞭的抽打声、车夫的吆喝声，以及姑娘们跑到门前的道别声：“再见！……再见！……”在这热闹声中，刚才嘹亮的歌声再一次一浪高过一浪地响了起来：

“手提银水壶

到达清泉边

只见三骑士

骑马来武装……”

这歌声传来，老板娘的整个身子都战栗了起来。她转过身对我：

“您听到了吗，”她小声对我说，“他唱得真好……知道吗？那是我丈夫在唱。”

我死死地盯着她，诧异了：

“什么？您的丈夫！……他到对面那家客栈去了，他也去了？”

她一副可怜又无奈的模样，却十分温柔地轻声说：

“先生，您认为这会怎么样的呢？男人都是这样，他们不希望老是看到别人哭哭啼啼的；可是我呢，自从两个女儿死了以后，眼泪就老是止不住……而且，我这幢破旧的大客栈再也没有什么顾客来光顾了，并且沦落到如今这般惨淡的地步……因此，在我那可怜的约瑟过于苦闷的时候，他就会跑到对面的客栈去喝酒，因为他有一副与生俱来的好嗓子，所以那边客栈的阿尔勒女人就让他唱歌。听！……他又在唱了。”

她晃悠悠地着伸出干枯的双手，大粒大粒的泪珠使劲儿地往下落，这使她变得更加苍老。她默默地站在窗前，沉浸在他的歌声中，虽然她的约瑟是在为阿尔勒女人歌唱……

诗人米斯特拉尔

上个星期天我起床的时候，恍惚间以为自己是在福布尔蒙马特大街。天下着缠绵的雨，外面灰蒙蒙的，磨坊显得分外凄凉，一切都是灰的。我可不想独自在家里度过这个阴冷的雨天，于是马上萌发了去弗蕾特里克·米斯特拉尔那里取暖的念头。这位和蔼而了不起的诗人住在马雅纳小村里，距离我的松林才 3 法里远。于是我带上一本《蒙田小记》、一根香桃木棍、一条盖毯，就出发了！

田野一望无际，显得空荡荡的……由于我们可爱的普罗旺斯信奉的是天主教，所以土地在星期天也可以得到休息……所有的农庄都紧闭着门，只有狗留在家里……远处，不时的会有一辆运货的马车匆匆路过，防雨布上还残留着水；一个老妇人头上戴着风帽，穿着用枯树叶做成的披风；骡子带着节日的盛装——蓝白相间的草编鞍褥，银制的铃铛，红色的绒球——载着一车农舍的居民，一路小跑着去教堂做祈祷；还有那一边，穿过轻雾，一条小船泊在河上，一个渔夫站在那里，正在捕鱼……

那天路上不适合看书。因为大雨倾盆，西北风顺势将发狂般的瓢泼雨水统统泼在我的脸上……我只能拼命地赶路，三个小时过去了，终于望见了前面的柏树林，马雅纳村好似惧怕风雨一样就藏在树林中央。村子的大街上没有一只猫；全部人都应该是去做大弥撒了。我从教堂门前经过，蛇形风管正呼啦地演奏着音乐，透过彩色玻璃望去，我瞧见蜡烛在门外漏进的风中摇晃。

诗人的房子坐落在村庄的尽头，位于圣雷米大道，是左边最远的一幢房子，那是一幢两层楼高的小房子，房前有一个漂亮的小花园……我轻轻地走了进去……可是居然没有人！客厅的门是关着的，可我似乎听见门后面有人走动的声音，而且还在高声说话……这嗓音和脚步都是我十分熟悉的……我在涂着石灰的小走廊里站了一会儿，手按在门铃上，心情特别激动。我的心怦怦直跳——他在家，而且似乎在工作……

我是不是应该等他把这一节诗写完呢？

不管了！还是进去吧。

啊！巴黎人，当这位马雅纳诗人来到你的面前的时候，向他的米莱伊描绘巴黎的时候，要是你在客厅里碰到这位头上戴一顶跟他的荣誉一样令他十分不舒服的大帽子、身上穿直领外套、完全一副城里人打扮的夏格达斯时，你就可以判断这个人就是米斯特拉尔……

不，他不是。这个世界上只有一个米斯特拉尔，那就是上星期天我到村子里造访的那一个，在他的耳朵上顶着一顶毡帽，身上穿着礼服，没有穿背心，腰间扎着一条加泰罗尼亚的红色腰带，眼睛炯炯有神，脸上洋溢着灵感的红晕，脸上带着微笑，气宇轩昂，仿佛希腊牧人一般的绅士，手插进衣袋里，一面大步流星地走，一面创作诗歌……

“噢，怎么是你！”米斯特拉尔搂住我的脖子兴奋地叫喊着，“你会来这儿实在是一个极妙的决定！……今天恰好是马雅纳的节日。我们将能够品味到阿维尼翁的宗教队列、音乐、斗牛，以及法兰多拉舞，好看极了……妈妈去做弥撒很快就会回来的；我们一起吃饭，然后，唰！我们就去看漂亮的姑娘跳舞。”

他与我交谈的时候，我兴奋不已地看着这间挂有浅色挂毯的小客厅。我曾经在这里度过了多么美妙的时光，而然现在却有如此长的时间没有能够再见到它了。这里的一切似乎都没有改变。依旧是黄色的方格长沙发，两张稻草做的扶手椅，壁炉上放着阿尔勒的断臂维纳斯雕像，以及埃贝尔为他画的肖像画，埃蒂安·卡尔雅给他拍的照片，窗边的角落里放着一张书桌——一张担忧的税务员的小书桌——上面摆满了辞典和旧书。

我在书桌的正中央，找到一本翻开的大本子……原来是弗蕾特里克·米斯特拉尔的新作《克朗戴尔》，也许在今年年底圣诞节的时候就会问世了。米斯特拉尔在这部史诗上已经花费了大约7年的精力，早在半年前他就已经完成了最后的诗句，可是他仍旧是不敢去投稿出版。您应该是清楚的，因为他总会有一节诗歌需要再次斟酌，有一个音韵需要继续推敲……虽然米斯特拉尔是用普罗旺斯语写诗的，可是他总是对自己的诗歌精雕细琢，就好像是所有的人都会用这种语言来阅读他的作品一样，噢，我们要感谢他这位优秀而认真的诗人为文学事业所付出的心血……

噢！忠实的诗人蒙田所说的这段话，一定就是在指米斯特拉尔：

"您知道有这个人吗？在别人问他为什么要煞费苦心地去钻研一门只有少数人才能够明白的艺术时，他就会告诉你：'只要有少数人能够明白我就安心了。只要有一个人懂我就满足了。即使没有人懂我，我也一样的满足。'"

手上捧着《克朗戴尔》的诗稿，我激动地翻阅着……突然间，窗前的大街上响起了短笛和手鼓奏出的音乐，我的米斯特拉尔立刻跑到柜子前面，将酒瓶和酒杯拿出来，把桌子拉到客厅中间，一边打开房门呼喊乐手们，一边跟我说：

"他们是到这里来为我演奏晨曲的……你别笑……我是市议会的议员。"

一时间里小客厅就人声鼎沸了。人们把破旧不堪的旗帜放在墙角边，将手鼓放在椅子上；然后，滚热的葡萄酒在手中传递开来。接着，大家为弗蕾特里克先生的健康干完了几瓶酒，还郑重地谈论了节日的场景：法兰多拉舞会是不是和去年一样吸引人，参加斗牛的公牛是不是一样健康强壮；这之后，乐手们便起身告别，到其他议员家里去演奏晨曲了。就在这个时候米斯特拉尔的母亲也赶回来了。

只一会儿的工夫，餐桌就摆放好了：两副餐具和一块漂亮的白色桌布。我清楚地知道主人家的习惯：当米斯特拉尔招待客人的时候，他的母亲是不上餐桌吃饭的……可敬的老妇人，她就只会讲她的普罗旺斯方言，假如让她同法国人说话，她会觉得拘束的……况且，厨房也需要她。

上帝呀！那天上午的饭菜实在是太美味了：山里自制的烤羊肉、奶酪、无花果、果汁酱，以及麝香葡萄。全部这些食品都佐以香醇的教皇新堡葡萄酒，这酒在酒杯里呈现出那么美丽的粉红色……尝甜点的时候，我拿出他的诗稿，把它放在米斯特拉尔面前的桌子上。

“我们约定好了出去的。”诗人微微一笑说道。

“《克朗戴尔》!《克朗戴尔》！不！……不！……”

米斯特拉尔听得入迷了，他一边用手打着节拍，一边用柔和悦耳的声音朗诵起诗歌的第一章来：

“我当前要讲述一个悲惨的遭遇/关于一名爱得发狂的少女/如果上帝愿意，我将为卡西的男孩唱上两曲/这个悲惨的小渔夫总是在打鳗鱼……”

屋外响起了晚祷的钟声，广场上鞭炮齐鸣，手鼓和短笛在街上来来回回响了好几遍。人们从卡玛尔格引进的奔牛也在哞哞地叫着。我双手支在桌布上，倾听着普罗旺斯小渔夫的传说，眼眶中满是热泪。

克朗戴尔不过是一名渔夫，可是爱情将他变成了一名英雄……为了得到情人——漂亮的爱丝黛蕾儿——的芳心，他做出了无数奇迹般的事迹，和他相比，赫拉克勒斯的十二大功完全不足挂齿。

突然有一天，他想要拥有更多的财富，于是便发明了一种怪异的捕鱼器械，好多海里的鱼被捕回了海港。还有一次，他要抓奥利乌尔峡谷一个凶残的强盗——塞维狼伯爵，最后他追到强盗的老巢，冲进他的姘妇和团伙中间……小克朗戴尔是一个如此勇敢的小伙子啊！一天，在圣波姆高原雅克师傅——那位为所罗门圣殿搭建屋架的普罗旺斯人——的坟旁，他碰到两伙人，计划来这里用大钳结束相互之间的矛盾。克朗戴尔冲进厮杀的人群，苦口婆心地劝解，平息了双方的斗争……

真是英雄的举动！在吕尔山上的岩石堆中，有一片没有人烟的雪松林，任何一个樵夫都不敢进到里面去。可是克朗戴尔去了，他一个人在那里住上了30天。就在这30天的时间里，人们听见他的斧子斩断树干发出的声响。树林哀叹着；参天的古树一棵接着一棵倒下，落入深渊的底部；就在克朗戴尔离开树林时，山上早已经没有一棵雪松了……

最后，因为建立了这么多的功勋，这位捕捉鳗鱼的渔夫终于赢得了爱丝黛蕾儿的芳心，并被卡西的居民推举为执政官。这就是克朗戴尔的传说……但是，克朗戴尔又有什么重要的呢？诗歌中最重要的，是普罗旺斯——普罗旺斯的山，普罗旺斯的海——以及它的风俗、它的历史、它的风光、它的传说、它的那些自由善良的人民，他们在有生之年，成就了自己伟大的诗人……现今，你们完全可以修建铁路，树立电报杆，在学校里封锁普罗旺斯语！但普罗旺斯将永远活在《克朗戴尔》和《米莱伊》之中。

"该去看节庆了！"米斯特拉尔一边说，一边合上诗稿，"诗歌讲得已经够多了！"

我们出了门，全村的村民都来到了街上；一阵大风将乌云吹散开去，天空又一次在被雨淋湿的红色屋顶上闪烁着欢快的光芒。我们到的时候，刚好看到宗教队伍回来。在一个小时的时间里，身穿僧衣的修士队伍不停地从我们面前走过：有蓝衣修士、白衣修士、灰衣修士，还有蒙面女子善会、由四个人扛着装饰过的大圣木像、金花玫瑰色旗帜、手持大把花束如塑像一般的彩色陶制圣女像，以及圣体显供台、无袖长袍、绿色天鹅绒华盖、装饰着白色丝绸边框的十字架等等。

所有的这一切，都沐浴在雨后的清风中、在阳光的映照下、在烛光的映衬下，和着圣诗、祈祷和用力撞响的钟声，如同波浪一般的起伏着。宗教队列过完了，圣像们再次被放回各自的祭台。我们去观看斗牛，之后又到打谷场看了比赛，有三跳障碍、男子角力、羊皮袋游戏、勒猫游戏，还有很多普罗旺斯节庆时好看热闹的活动……我们回到马雅纳的时候，夜幕已降临。广场上的小咖啡馆前燃烧起了一堆愉快的篝火。每天晚上，米斯特拉尔都会到这里来同他的朋友齐多尔下一盘棋……法兰多拉舞跳起来了。黑暗中到处都亮起了剪纸灯笼；年轻的人们自在地有说有笑。不久之后，随着一声手鼓，热情、疯狂的圆舞便绕着火堆开始了，舞蹈持续了整整一个夜晚。

吃了晚饭，我们已经精疲力竭了，再也跑不动了，于是便上楼来到米斯特拉尔的卧房。那是一间简陋的乡村卧室，墙上没有贴壁纸，就摆着两张大床，屋顶上都能看到栅栏……四年前，当学院奖励给《米莱伊》的作者三千法郎时，米斯特拉尔夫人就有过这样的念头。

“我们是不是能够为你的卧室贴上壁纸，然后装上天花板?”她对儿子说道。

“不！不!”米斯特拉尔回答道，“这是给诗人的稿费，不能动的。”

因此虽然卧室依旧是徒有四壁；但是，如果诗人的钱还在，那些前来敲响米斯特拉尔家门的人就会发现他的钱袋总是敞开的……

我将《克朗戴尔》的诗稿带到了卧室，准备让诗人在我睡觉之前再给我朗读一段。米斯特拉尔特别挑选了有关彩陶的一段片段。内容大概是这样的：故事发生在一个盛宴上。餐桌上摆放着一套崭新的慕斯蒂耶彩陶餐具。所有的盘子底部，全部都用蓝釉画着一个普罗旺斯的故事，这个地区的一切历史都表现在这些故事里面了。因此，必须看看彩陶的作者是怀着何样的情感来涂画这些漂亮的彩陶的；一切盘子都配了一段诗歌，这些精美的诗歌都来源于纯朴智慧的劳动，如同忒奥克里托斯的小幅图画那样精致。

米斯特拉尔用动人的普罗旺斯方言给我朗读他的诗歌，这方言有百分之七十五是拉丁语，这可是当初王后们说的话语，可是现在，仅仅只有我们的牧人才能够了解。在他朗读的时候，我打从心底里尊敬这个人，想到他觉得自己的母语竟然落得如此悲哀的境地，想到他利用这种语言来进行的创作，我就幻想着那些遍及在阿尔卑列斯山的波城亲王的古老宫殿：王宫没有屋顶，窗户没有玻璃，台阶没有栏杆，三叶尖拱早已经被打碎，门上的花纹也已经被青苔给吞噬了，母鸡在主院里寻食，驴子在满是野草的小教堂里吃草，猪在走廊华丽的柱子旁打滚，乌鸦停在盛满雨水的大圣水坛边解渴。终于，在这座古老的宫殿旁边的废墟上，有农民搭起了两三个破旧的茅屋。

然后有一天，一个农夫的儿子爱上了这笔巨大的财富，为它遭受这般亵渎而愤怒不已，他立刻把牲畜赶出了主院；仙女们赶过来给他打点，他就单独一个人重新建造了大楼梯，给墙壁装上了护墙板，为窗户安装上了玻璃，御座大厅又给镀上了金色，塔楼被修复了，古老而巨大的宫殿重新矗立了起来，在那里从前居住过教皇和皇后。

普罗旺斯方言就如同是一座被重建的宫殿。

米斯特拉尔，就是这个农夫的儿子。

母 亲

——围城回忆录

那天早晨，我去瓦莱利安山特洛胥看望我的画家朋友 B 某。他是塞纳河国民别动队的一名中尉。此时瓦莱利安山的天空一碧如洗，像颗用清水洗过的蓝宝石一样。一朵朵形态各异的白云飘浮在空中，就好像一群活泼可爱的孩子在游戏。放眼远眺，一座座连绵起伏的高山在蓝天下耸立，一山浓，一山淡，就像一幅优美的中国画。山脚下还有一排排神气的大树——舒展它们健壮的身姿，就像是这片山景的守护神。那天正好是这个正直的小伙子值勤，因此他一步也不能走开。他必须犹如一名恪尽职守的值班水手一样，待在工事坑道的人群前面，来回踱步，但同时也和我谈谈巴黎和战事，以及那些不在场的亲人……这位中尉虽然身着别动队军服，但依然保留着以前那敏锐的画家气质。忽然，他停住了话头，惊讶地停下脚步，拉着我的胳膊：

“噢！多尼埃的画是多么的精美呀。”他低声对我说。

他那灰色小眼睛如同猎犬般敏锐的亮了起来。他用眼角瞟了一下刚刚出现在瓦莱利安山平台上的两个令人肃然起敬的身影，示意我看一下。

这确实是一幅精美的多尼埃的画：那个男人身穿长长的栗色燕尾服，上面配戴着绿色的天鹅绒大翻领，似乎是用树林里的老青苔做成的。他显得十分瘦削、矮小，脸色红润，前额扁平，两眼滚圆，鼻似鹰钩，小鸟般的头上布满皱纹，显得既庄重又有些愚笨。另外，他一条胳膊挎着一只绣花绒布提包，提包里隐约露出一只瓶子的瓶颈；一只罐头夹在另一条胳膊里——一成不变的白色铁皮罐头，巴黎人只要一看到它，马上就会想起那长达5个月的围城……再瞧一眼那个女人，冷眼望去，只见她戴着一顶极大的帽子带着撑边，她被一条旧披巾从头到脚裹得紧紧的，似乎是为了显现她的苦难；凝神再看，在褪了色的大衣的蜂窝状皱领之间，一截鼻尖以及几缕花白而干燥的头发显露了出来。

来到平台之后，男人立即停下脚步，喘着粗气，擦擦额头。当时已是11月底，平台上雾气茫茫，一点也不热；然而，他是因为走得实在太快了……

女人却继续前行，径直向坑道走去，犹豫地看了我们1分钟，好像想和我们说些什么；然而，她似乎是被军官的军衔条杠吓到了，宁愿去和哨兵说话。我听见她低下地要求见她的儿子。她儿子是巴黎第三国民别动队第六支队的一名普通士兵。

“请您在这里稍微等一下，”哨兵说，“我让人去叫他。”

她长长地出了一口气，显得轻松了一些，转身向她的丈夫走去；两人坐在了稍远处的斜坡上。

他们在那里等了很长时间。这瓦莱利安山实在太大了，庭院、斜坡、堡垒、兵营、掩体都是那么繁冗复杂！要找到别动队第六支队的一个士兵哪有那么容易。这座迷宫般的城市悬于天地之间，好似飞岛拉比达一样螺旋状似地在云雾之中漂浮。更何况那个时候，整个要塞里挤满了鼓手、号手、来回奔跑的士兵，并且到处都充斥着军用水壶发出的砰砰声。

还有正在换岗的士兵、勤务人员、配给人员、一个间谍被义勇军的枪托打得血肉横飞后被押回来、几个从楠泰尔匆忙赶来向将军诉冤的农民、疾驰而来的传令兵，以及被冻僵的人和气喘吁吁的牲口；从前线回来的的伤员们坐在骡背的驮鞍上，像得病的羔羊似的一边摇晃，一边呻吟；水兵们和着笛声“嗨！哈！”的号子声，正在拖着一门崭新的大炮；一个身着红色军裤的牧人，手执长鞭，斜背着步枪，驱赶着牲口在要塞中慢行。他们都在庭院里来往穿梭、摩肩接踵，把坑道挤得水泄不通，这情景就如同是发生在一些东方国家沙漠旅行队客店的矮门下面一样。

“希望他们没忘记我的儿子吧！”此刻，这位母亲的可怜眼神似乎在这么说；每隔 5 分钟，她就要站起来，悄悄地走到坑道口，身体贴在墙上，朝前院里瞥上几眼；可是，她不敢询问任何事情，生怕给她的儿子带来不必要的麻烦。男人看起来似乎比她更加腼腆，他坐在那儿一动不动；每次当女人心情沉闷、垂头丧气地回到他身边坐下时，总能听到他责备她不够耐心的话语，并且他像傻瓜一样不懂装懂地打着手势，好像在向她解释服兵役的必要性。

我素来对这些默默而又平淡的小场景极其好奇，它们让我越看越想揣摩出其中的究竟；在街上漫步时，你也许经常会和这样的哑剧中的人物擦肩而过，但是它们往往在举手投足之间就能向你揭示整个人生。但是，在这里尤其吸引我的，是这两个人物的无知与天真；他们的手势灵活而清晰，犹如塞勒芬剧团两位演员，通过这些手势，我满怀好奇地欣赏着一出当中充满所有的巨变和离奇的绝妙的家庭剧……

我仿佛听到某一天的大清早母亲在抱怨道：

“那个特胥先生总是发号施令，真让我烦心……我都三个月没见到儿子了……我想去吻吻他。”

父亲胆子非常小，生活中总是非常谨慎，想到为了得到探亲批准而要办理那么复杂的手续，他就感到异常恐惧，所以他一开始就试图说服她：

“你就别妄想了，亲爱的。这瓦莱利安山离这远着呢……你没有车怎么去啊？再说，那里是一座要塞，女人是不可能进去的。”

“不管怎么，我一定要进去。”母亲说。

父亲对母亲总是唯命是从，于是他只好上路了。虽然他胆小得直冒虚汗，冻得浑身打颤，但还是坚持去了防御区、市政府、参谋部、警察局等地方；他四处碰壁，踏错了门槛，在一个办公室前排了两个小时的队却才发现又找错了地方。终于，晚上他揣着一张由军区司令签名的探亲许可证回来了……第二天，两口子便冒着严寒，一大早就点灯起了床。父亲随便吃了些东西暖暖身子，母亲却不饿，她宁可到那边和儿子一起去吃午饭。为了稍稍犒劳一下他们那令人怜悯的别动队士兵儿子，两人匆忙地往绒布提包里塞满了围城期间所能搞到的所有食物：如巧克力、果酱、美酒，就连罐头也带上了，那种罐头花了八个法郎才买到了一瓶，是他们一直珍藏着准备应付粮食紧缺的食物。准备完毕后，两人立刻出发了。他们来到城墙边时，城门才刚刚打开。卫兵要求务必出示许可证。母亲好像有些担心……没关系，手续是齐全的。

“放行！”值班军士命令道。

这个时候，她才长长舒了一口气：“这位军官，蛮有礼貌的。”

说着，她像一只敏捷的山鹑，一路小跑疾行，为的是赶时间。男人显然跟不上她的匆忙脚步。

“亲爱的，你走得太快了。”可她根本就不理他的。好像在远处地平线的雾气氤氲之中，高高的瓦莱利安山正在热情向她召唤：“赶快过来吧……他就在这里。”

现在他们是来了，可又有了新的顾虑。假如找不到他怎么办？万一他不能来怎么办？……

突然，我看到她打起寒颤，拍着老头的手臂，弹地而起……在坑道口的穹顶下面，远远地传出了她极其熟悉的脚步声。

是他！

他的出现，立刻使要塞的整个门面熠熠生辉。

他实实在在是一个英俊的小伙子！身材魁梧，肩上背着背包，手中紧握着步枪……他快步走到他们面前，一脸愉快，用男子汉铿锵有力的语气说：

“您好，妈妈。”

立刻，背包、被子、步枪，几乎是所有的东西都瞬间消失在巨大的撑边帽子里了。继而轮到的是父亲，但时间却不长。戴着撑边帽子的母亲妄想把所有的亲吻都据为己有，她有点贪得无厌了……

“你还好吗？穿得还暖和吗？你的床单现在怎么样了？”

我能够感受到，在斗篷的蜂窝状皱领下面，母亲正在用久长而满是爱意的眼光，把儿子从头到脚地紧裹起来；亲吻、泪水及微笑像雨点般纷纷落下。她亏欠了儿子长达三个月的母爱，现在要一次性地偿清。父亲也非常激动，但他并没有表露出来。他知道我们在盯着他，便对着我们眨了眨眼睛，好像是在说：

“原谅她……她只是个女人。”

我当然可以原谅她！

一阵突如其来的号声将沉浸在欢乐气氛中的人们给惊醒了。

“他们在叫我，”儿子说，“我得走了。”

“怎么？你不可以同我们一起吃饭吗？”

“绝对不能！我不可以这样……今天是我24小时值勤，是在要塞的上面值班的。”

“噢！”沮丧而又可怜的女人长叹了一口气。

她再也没有能够说出话来。

三个人站在那里，垂头丧气地相互凝视了一会儿。之后，父亲开口了：

“至少，把罐头带去吧。”他的声音令人心醉，面部的表情好像是一个没有了美食的贪吃者，有些动人，但又有一些滑稽。

可是，在这激动而混杂的告别仪式中，那该死的罐头却又找不到了；看着那些焦急抖动的手在四处搜寻、上下翻找，听着那些被泪水哽咽的声音在轻问：“罐头呢！罐头放到哪儿去了？”这景象着实令人感动。在这悲恸之中，包含着家庭的点滴琐事，可是对此他们并没有觉得羞耻。罐头最后终于找到了，一家人又一次长久而紧紧地拥抱着，然后孩子便快步跑着返回了要塞。

请您想象一下：他们大老远地赶来就是为了吃这顿团圆午饭，他们甚至是将这顿饭看做是一个节日盛宴，为此母亲激动得整夜没有睡着觉。你知道还有什么比这顿错过的午饭、这依稀可见却又忽然关闭的天堂一角更让人失望透顶的呢?

他们平静地站在原地，又等了一小会，眼睛注视着坑道的人们，刚才他们的儿子就是在那里逐渐消失的。终于，男人打起精神，勇敢地咳了两三声，他的声音极其坚定：

“好了！孩子他妈！一路顺风!”他大声说道。

说着，他朝我们行了一个大礼，之后就抓住他妻子的胳膊……我目送着他们一直走到公路的拐角处。父亲挥舞着绒布提包，动作因生气而显得有些僵硬……母亲则似乎很平静，她低着头，手臂无力地下垂，走在父亲的身边。可是有的时候，我隐约看见她的披巾在狭窄的肩上不停地颤动。

倒霉的佐科夫兵

圣玛丽奥米那的那个大个子铁匠洛利这天晚上很不高兴。

平时，只要是锻炉的炉火一灭、太阳一落山的时候，他就会出现在门前的长凳上，体味繁重的劳动和酷热的天气带给他的惬意的疲惫；在学徒们走之前，他还会和他们一起，一面看作坊的工人下班，一面喝上几大口冰镇啤酒。然而这天晚上，这个老好人在铁匠铺里一直等到晚饭的时候，好像很不愿意地出来吃饭。洛利大妈注视着他的丈夫，心想：

“他是怎么了？是不是部队传来了什么坏消息，却又不愿意和我说？也可能是大儿子生病了……”

可她什么都不敢问，竟顾着让她三个年幼的孩子安静下来。这三个孩子都有一头金发，犹如烤焦的麦穗，他们趴在桌边笑闹着，正在享受奶油黑萝卜色拉的美味。

终于，铁匠愤怒地把盘子推到一边：

“啊，真是无赖！啊，流氓！……”

“我说，你生谁的气，洛利？”

他怒气冲冲地吼道：

“我在生那五六个怪人的气！从今天一大清早起来，我就看到他们穿着法国士兵的军服，和那些巴伐利亚人勾肩搭背地在城里到处逛荡……并且他们当中还有一些人……怎么说来着？选择加入了普鲁士国籍……居然天天都可以看到这些冒牌儿的阿尔萨斯人回到家乡来！……普鲁士人到底给他们下了什么迷魂药了？”

孩子的母亲企图为他们辩解：

“你要怎么样，可怜的人？这也不能完全怪那些孩子啊……他们被发配到那么远的非洲阿尔及利亚！……在那里，他们会思念家乡；回家和退伍，这些对他们的诱惑实在太大了。”

洛利一拳砸在桌子上：

“闭嘴，老妈子！……你们这些妇人懂些什么。你们整天就知道和孩子们在一起，所有的事都围绕着他们转，时间一久，你们就把一切东西都看得只有孩子般大小了……好吧，我可以告诉你，他们是人渣、无赖、叛徒。要是我们家的克里斯迪安也敢做出这种卑鄙无耻的事情来，我肯定会把他的身体用马刀刺穿，正如我叫乔治·洛利，曾经当过7年的法国轻骑兵一样毫不犹豫！”

铁匠一脸严肃地半站起来，指着挂在墙上的长长的骑兵军刀；军刀上方是他儿子的一幅画像，画的是佐科夫兵在非洲的画像：他儿子长着的一副面孔俨然是诚实的阿尔萨斯人，被太阳晒得黝黑，在强烈阳光的照射下，鲜艳的色彩使画面显得有些苍白和模糊。一看到这幅画像，铁匠立刻平静了下来，笑着说道：

“我这么激动干嘛……就像我们的克里斯迪安会真的想当普鲁士人一样！他在战场上打死了那么多普鲁士人！……”

想到这儿，老好人心情又恢复了平静，他愉快地吃完晚饭，而后就上斯特拉斯城堡酒馆喝啤酒去了。

现在只有洛利大妈一个人。她哄着三个金发小孩睡下，一边听着他们在隔壁屋里喃喃低语，像临睡前的一窝小鸟，一边拿起针线，在门前花园边做起缝缝补补的家务事儿来。她偶尔叹口气，自言自语道：

“好吧，我同意。他们是叛徒、是懦夫……可是都一样！他们的母亲再见到他们会非常高兴的。”

她想起了儿子参军出征前的那些日子。那时候，他每天都会在这个时间精心照看这个小花园。

她凝视着那口井。儿子就是在那里往喷水壶里注水的，他穿着罩衫，披着一头漂亮的长发；可在他参加佐科夫团的时候那长发被剪掉了……

忽然，她感到一阵颤栗。有一个人轻轻地打开了花园尽头通往田野的小门。狗并没有叫，可开门进来的那个人却和小偷一样，紧靠着墙根，从蜂箱中间静悄悄地穿过来……

“你好，妈妈！”

站在面前的就是她的克里斯迪安。他军服不整，面带愧色，心里忐忑不安，说话也有些吞吞吐吐的。可怜的孩子是和其他士兵一道回来的，他已经在家附近逗留一个多小时了，直到父亲出去后才敢进来。

她想怪罪他，可又不忍心。她已经没见到他有太长时间、很久没亲吻他了！更何况他回来的理由是那么的充分：他思念铁匠铺、思念家乡，难忍远离亲人的生活；另外，部队的纪律越来越严格，可同伴们却称他为“普鲁士人”，只是因为他的阿尔萨斯口音。

她对他所说的一切深信不疑。她只要看到他，就会相信。他们一面说话，一面走进底层的屋子。孩子们被吵醒了，跑过来亲吻他们的大哥哥，他们赤着脚，穿着睡衣。妈妈要给他做饭吃，可他不饿。他只是觉得口渴，常常感到渴；今天早晨起，他已经在小酒馆喝了好几轮啤酒和白葡萄酒了，可现在他仍然感到非常口渴。

正在这时，院子里传来了脚步声。铁匠回来了。

“你爸爸回来了，克里斯迪安，快躲起来，让我先跟他说，向他解释……”说着，他被藏到高大的釉陶炉子后面，而后又双手颤抖地重新做起针线活儿。不巧的是，佐科夫兵的小圆帽被留在了桌子上，洛利一进门就看到了它。再看到孩子母亲脸色苍白、神情不安……他立刻全明白了。

“克里斯迪安回来了！……”他用一种很可怕的声音说道。

他从墙上扯下马刀，冲向火炉，如疯子一般；火炉后面蜷缩着已吓得面无血色的佐科夫兵，他完全清醒过来，背靠墙壁，生怕倒下去。

母亲冲到他们两个人中间：

“洛利，洛利，别杀他……是我给他写信叫他回来的，我说你的铁匠铺需要他帮忙……”

她把他的手臂死死扯住，拖着他，哭喊着。孩子们在漆黑的房间里，听到这些充满愤怒和悲怜的说话声，全都放声大哭起来，因为这声音让他们觉得那么陌生，他们都辨认不出来了。铁匠停了下来，看着他的妻子说：

“啊！你让他回来的……那好吧，让他去睡觉吧。明天再说怎么办。”

第二天，当克里斯迪安熬过了一个恐慌的夜晚后，从熟睡中醒来时，他发现自己躺在幼时的床上。

在映着盛开的啤酒花、镶着铅条框的小玻璃窗外，太阳已经挂在高空了。锤子敲打在铁砧上的声音从楼下传来……

妈妈她一整夜都守在床边，没有离开，因为她担心丈夫的愤怒。老铁匠也一夜没睡。他在房里叹气、踱步、落泪，一会儿开橱门，一会儿关橱门，就这样到天亮。现在，他进到儿子的房间，神情凝重，穿着高高的护腿套，戴着宽大的帽子，拿着结实的顶端包铁的登山杖，感觉是要远行一样。他径直走到床边说：

“好了，起来！……起床吧！”孩子有点迷糊，他准备穿上佐科夫团的军装。

“不，不要穿这个……”父亲严肃地说。

母亲惴惴地答道：“但是，亲爱的，他已经没有别的衣服可穿了。”

“把我的衣服给他吧……我再也不穿它们了。”

孩子穿衣服的时候，洛利把军服——短小的上衣和宽大的红裤子——精心地折叠好；包裹打完之后，他把装着路条的白铁盒挂在了脖子上……

“走吧，下楼吧。”他接着说。

三个人默默地走下楼梯，来到铁匠铺……风箱喘着粗气；所有的人都在干活。佐科夫兵再次看到这敞开的铁匠棚，令他在部队日夜思念，他不由得想起了他小时候。他曾经在铁匠铺闪烁的火星中，在黢黑的煤屑里，在这热浪滚滚的公路上，有过他玩耍的童年。

他霎时感到一阵温馨，希望父亲能够谅解他；可是，每当他抬起眼睛，看到的总是父亲那冷峻的目光。

终于，铁匠开口说话了。

“儿子，”他说，“铁砧和其他工具全都在这……这些东西都交给你了……还有这儿的一切！”他站在被烟火熏黑的门框里，手指着小花园，说道。

花园深处的门敞开着，阳光很灿烂，蜜蜂在飞舞……

“这蜂箱、葡萄、房子，所有这一切都交给你了……既然你可以为了它们牺牲自己的荣誉，那么你最起码能把它们经营好……现在你就是这里的主人了……我要走了……你欠了法国5年的债，我要替你偿还清楚。”

“洛利，洛利，你去哪儿？”可怜的妈妈叫道。

“爸爸！……”儿子恳求道。

可是铁匠已经走了，他头也不回地走了……

在西迪贝勒阿巴斯的佐科夫兵第三团兵站，多了一名55岁的志愿兵。

守卫达拉斯贡

感谢上帝！我终于收到了达拉斯贡的消息。

5个月来，我着急万分，就好像是焦虑欲死一般！我深切知道这座美丽的城市狂热激昂的情绪，也明白那里剽悍、好斗的民风，于是我一直在想："谁知道达拉斯贡人会做些什么？他们会不会倾城而出，向野蛮的普鲁士人猛烈地扑过去呢？或者会像夏托登那样在大火中变为废墟？还是会像斯特拉斯堡那样饱受炮击、像巴黎那样被困挨饿、或者像里昂和它的城堡一样，在狂热的爱国主义鼓吹之下，将自己炸上了天？"所有的这一切似乎都没有发生，我的朋友们。达拉斯贡没有变为废墟，也没有将自己炸上天。

达拉斯贡依然在原地，静静地站立于葡萄园中间；灿烂的阳光洒满了大街，美味的麝香葡萄酒填满了酒窖，塞纳河还是如同以往一样从这个可爱的地方流淌出去，流入大海；整座城市好像是一幅迷人的图画：绿色的百叶窗反射着阳光，花园被修理得平整而洁净，穿着崭新的军装国民自卫队的士兵在沿河大道上操练。可是，您也别觉得达拉斯贡在战争中任何事情也没有做。然而恰恰相反，它的举动让人赞赏；我将会试着给您讲述这座城市所做出来的英勇不屈的顽强抵抗。

法国东北部莱茵省的首府，普法战争期间曾经受到普军猛烈地轰击。法国中部城市，普法战争期间增经对普鲁士军队做过顽强地抵御，1870年10月18日城陷后被普军烧毁。法国东北部埃纳省首府，1870年9月9日，法军的一名工兵在普鲁士军队入城的时候引爆了火药库。它将会被当做南方地区抗击外敌侵略的象征和地方抵抗运动的典型，因此在历史上占有一席之地。

合唱团

我可以对大家说，在色当大败以前，我们纯朴的达拉斯贡人一直都平安宁静地待在家里。对于阿尔卑斯山这帮傲气的孩子们来说，北方正在消失的并不是他们的祖国，只是皇帝的士兵，是帝国。可是，当到了9月4日共和国成立的时候，阿蒂拉兵临城下，情况就不一样了！达拉斯贡觉醒了，人们亲身感受到了什么是民族战争……这场战争就是从合唱团游行开始的。您知道南方人对音乐是如此的狂热，尤其是在达拉斯贡，人们对音乐的痴狂简直是不可言传的。只要在大街上走过，您就会听到所有的窗户里都缭绕着美妙的歌声，您头顶所有的阳台上都会传来让您神清气爽的浪漫曲调。

无论您走到哪家店铺，柜台旁总是会有一把吉他在哀愁地低诉，药店的伙计一边为您拿药，一边在低声吟唱："夜莺——西班牙古琴——特拉拉——拉拉拉拉。"除了这些私人音乐会之外，达拉斯贡还有学校铜管乐队、市铜管乐队，和许许多多的合唱团。而推动这场民族运动高潮的，正是克里斯托夫合唱团及其令人钦佩的三声部合唱曲《拯救法兰西》。

"是的，是的，拯救法兰西！"达拉斯贡朴实的百姓们一面呐喊，一面在窗口舞动着手绢。男人们拍着手，女人们则是排成四列纵队，唱着动人的歌曲抛送飞吻；一位旗手走在方阵的最前面，自豪地踏着节拍前进。

人们的热情就这样被鼓动起来了。从那天开始，整个城市都变得完全不一样了：吉他和威尼斯船歌再也听不见了；无论在任何地方，《马赛曲》代替了西班牙古琴曲。人们一周两次汇集在广场上，听中学生铜管乐队演奏《出征歌》。座位的票价十分的昂贵！

可是，达拉斯贡人对这个显然是不满足的。

马术表演

合唱团表演之后，是为伤员们举办的马术表演。没有任何场面比这个更吸引人了：一个阳光灿烂的星期天，达拉斯贡精力旺盛的年轻人们都会脚穿软靴，身着浅色紧身衣，挨家挨户地募集捐款；他们拿着捕捉蝴蝶用的网罩，手持长戟，骑着马在阳台下转圈、跳跃。

可是最精彩的，还应当是爱国主义题材的骑兵竞技表演——伏兰索瓦一世在帕维亚战役中的场面，马术俱乐部的先生们在广场上一下子就表演了三天。如果谁没看到这样的场面，那他真的是错过一场好戏了。演出的戏服是从马赛话剧院借出来的：刺绣军旗、盾牌、头盔、金色丝绸、天鹅绒、马披、饰带、花结、小丝带结、长矛、盔甲，所有这一切都让广场如同捕鸟镜一样光彩照人、令人目不暇接。

更加奇妙的是，每当一阵狂风从广场上方吹过的时候，所有的光线就会变得斑斑驳驳，这简直是太漂亮了。但是十分的可惜，在一场恶战之后，由俱乐部经理庞泊尔先生饰演的伏兰索瓦一世让一群德国雇佣骑兵给死死围困住了，就在这位让人怜悯的庞泊尔先生弃械投降的时候，做了一个让人寻味的肩部动作，致使他传递的再也不是“一切都已经失去，惟有荣誉尚存”的理念，而是好像在用普罗旺斯方言说“叫他来吧，我的伙计！”但是，达拉斯贡的百姓们对这个并不是太在意的，所有人的眼眶里都闪烁着爱国的泪花。

突破口

表演、歌曲、阳光，以及塞纳河的气势磅礴，但是这所有的一切，就完全能够令人头脑发热了，但是政府的公告却让这种疯狂达到了极端。在广场上面，人们用威胁的神情彼此聊天，大家一个个都是咬牙切齿的，聊天的时候就好像是嘴巴里在吞咽子弹。谈论中满是火药味，空气中到处弥漫着硝烟的味道。特别值得一提的是，那些早晨在喜剧院咖啡馆里吃完早餐的情绪高昂的达拉斯贡人说的话：

“哎呀！这些巴黎人和他们那个应该被拉出去千刀万剐的特胥将军，他们到底在干些什么事情呀？他们不断地在退缩……混蛋！要是在达拉斯贡！……嗒嗒嗒！……我们早就已经冲开突破口了！”

就在巴黎人被燕麦面包噎得喘不过气来的时候，而这些先生们却在狼吞虎咽地喝着上等的教皇葡萄酒，油光满面，酒足饭饱，嚼着鲜美的山鹑，酱汁都快要流到耳朵边上了。他们敲着桌子，就好像是疯子一般大声叫嚷着：“这个突破口，你们应该赶快去打开……”他们说得是很有道理的，真的！

保卫俱乐部

此时此刻，野蛮的普鲁士人正一步步地向南方挺进。第戎投降了，里昂危在旦夕，罗讷河谷鲜美的青草早已经让普鲁士骑兵的战马垂涎欲滴了。“一定要筑起我们的防御工事！”达拉斯贡的居民们认真地说。因此，城里所有的人都行动了起来。转眼之间，整个城市布满了大大小小的工事、街垒和地堡，每座房屋都变成了要塞。在枪械商克森德卡尔德的店铺前，挖掘了一条不少于两米宽的堑壕，上面还架了一座吊桥，实在是太滑稽了。俱乐部的防御工事也极其浩大，好奇的人们赶过来观看，俱乐部的经理庞泊尔先生站在楼梯上面，手上端着一支步枪，给女士们做着示范：

“假如他们从这里进攻，砰砰砰！……要是他们从反方向上来，砰砰砰！……”除此之外，不管是在大街的任何角落里，都会有人拦下您，然后神秘地对您说：“广场下面刚刚埋好了地雷！……”要么是：“歌剧院咖啡馆固若金汤。”仅仅是这些就已经足够令那些野蛮人如同濒临深渊了。

义勇军

而就在这个时候，人们疯狂地建起了一支又一支的义勇军队伍。“纳博讷之豺”、“死亡兄弟”、“罗讷河枪手”：这些队伍的名字各自有各自的特点，军装的颜色也“五彩斑斓”，就好像燕麦地里的野菊花一般；还有各种各样的鸡毛、翎饰、宽阔的腰带、巨大的帽子！……

为了使自己看上去更加狰狞恐怖，每一个义勇军都蓄起了小胡子或络腮胡子，就是在散步的时候，人们也无法认出谁是谁。您远远地看见一个阿布鲁齐强盗两眼冒火、翘着胡子向您走来，身上的土耳其弯刀和军刀手枪晃动着；可是当他走近的时候，您才可能发现原来他是税务员布库拉德。

有时，您还会在楼梯上碰到鲁滨逊·克鲁索本人，他头上戴尖帽，两个肩膀上各扛着一支步枪，手上拿着锯刃大刀：原来是枪械商克森德卡尔德刚吃完饭从城里回来。但是可笑的是，由于所有的人都把自己弄成凶神一样，因此达拉斯贡人后来开始相互感到害怕，没过多长时间，就再也没有人敢出门了。

散养兔和家养兔

有关建设国民自卫队的波尔多法令结束了这种令人不堪忍耐的局面。在国防政府三巨头强有力的扫荡下，鸡毛全都哗啦啦地飞走了，达拉斯贡全部义勇军——不管是“豺”啊、“枪手”啊，还是其他的名字——全部都合并为诚实可靠的国民自卫队的一个营；指挥这支队伍的是忠厚的伯勒韦特将军，他曾经任军服供应处的上尉。这个时候，又发生了新的麻烦。众所周知，国民自卫队被波尔多法令分为两类：驻守队和机动队；税务员布库拉德则是轻蔑地将他们称为“散养兔和家养兔”。

自卫队刚刚建立的时候，“散养”队员的角色显得更加优越。每天上午，忠诚的伯勒韦特将军都要率领他们到广场训练射击，这是狙击兵的训练项目。“注意，起立！卧倒！”之类的项目。这些小小的军训每每都能够吸引很多人围观。达拉斯贡的女士们是不会放掉每一次观赏的机会，就连波凯尔的女士们，适当的时候也会过桥来观赏我们的“兔子”们。但是此时此刻，不幸的“家养”自卫队员们居然恭敬地在为城市站岗。他们守卫着博物馆，博物馆里除了一个巨大的长满青苔的蜥蜴标本，和两门贤王勒内期间的小型轻炮之外，没有其他可以守卫的东西。

要明白，波凯尔的女士们过桥来，不会仅仅是为了看这么一点小玩意的……训练射击三个月后，人们感觉到“散养”的国民自卫队员们好像从来都没有出过广场，于是她们的热情慢慢衰退。

不管正直的伯勒韦特将军如何向他的“兔子”们叫喊，“起立！卧倒！”一切都是徒劳的，再也没有人来观赏他们了。过不久，这些繁琐的操练就成了整座城市的笑柄。可是，上帝是明白的，没有人能够让这些可悲的兔子出征，这并不能责怪他们。他们对此也十分的心痛。有一天，他们居然拒绝操练。“我们再也不愿摆花架子了！”他们充满爱国情怀地叫嚣道，“我们是机动队，下命令让我们行动吧！”

“我以我的名誉向你们担保！你们是会行动起来的！”忠诚的伯勒韦特将军对他们说。

他憋着一肚子的气，要去市政府问个明白。

市政府给他们的回复是他们没有接到任何命令，省政府才管这事。

伯勒韦特说：“那就去省政府！”于是他便坐上开往马赛的快车，去找省长了。这可不是件容易的事情。由于在马赛，总有那么五六个常务省长，可是没有人能够告诉您哪一个是管事的。伯勒韦特却是幸运的，他一下子就碰巧撞上了分管此事的省长。在省政府会议上，他代表手下的士兵，用一名军服供应处前上尉特有的威严口气，对省长说话。

可是他刚说了几个字，省长就将他给打断了：“等一等，将军……这到底是怎么一回事？您的士兵在对我说他们要求留守！而您现在却要求前进，您看看这个吧。”说着，他面带笑容地把一封催人泪下的请愿信交给将军。这是两只“散养兔子”——出征请愿最为强烈的两只“兔子”——最近才送到省政府的，随信还附有公证人和医生、神甫的意见。两个人在信中说因为身体虚弱，请求转为“家养兔子”。

“这样的信我已经收到三百多封，”省长依旧微笑着补充道，“将军，现在您终于明白我们不急着让您的士兵出征的缘由了吧。可悲的是，过去我们让太多想留下的士兵出征了，我们再也不能这样做了……如今，上帝会拯救共和国的。回去向您的‘兔子’们问好吧。”

告别酒会

将军无奈地回到了达拉斯贡。但是这个时候又发生了一件新的事情。原来，在他不在的时候，达拉斯贡的百姓们竟然筹备过募捐，为那些将要出征的“兔子”们举行一次欢送酒会！正直的伯勒韦特说谁都不会开拔，酒会没有必要，可是无济于事；钱已经募集到了，酒会也已经预定好了，目前可以做的就是把酒宴继续进行下去，而这也正是大家所要做的……就如此，在一个星期天的晚上，振奋人心的告别酒会仪式在市政府的大厅里举行。祝酒、演说、爱国歌曲、喝彩……所有的这些都冲击着市政府的玻璃窗，一直到第二天黎明的时候才结束。无可置疑的，任何人都知道在告别酒会上应该怎么做；家养的国民自卫队员们是自己掏钱参加酒会的，他们明白自己的伙伴不会开赴前线，而那些散养的国民自卫队员们也同样抱着这样的想法。

那位让人尊敬的副市长用无比激动的嗓音宣誓，说他已经作好走在出发队伍最前面的准备了，可是实际上他比任何人都知道：士兵们是不会开拔的。但这都已经没有什么重要的了！这些南方人是如此的与众不同，以至于告别酒会快要结束的时候，所有人都在哭，都在相互拥抱，而最令人惊愕的是，所有的人都是显得很真挚，连同将军在内！……在达拉斯贡，就像是在整个法国南方一般，我常常可以看到这种就像在梦中才能能看到的场景。

贝里赛尔的普鲁士士兵

这是一个上星期我在蒙马特高地一家小酒馆里听到的故事。要好好地给大家讲这个故事，我就必须学习一下贝里赛尔师傅的郊区口音，穿上他的木工罩衫，再喝上两三口美味的蒙马特白葡萄酒；喝了这酒，就算是马赛人，就能说出巴黎口音。

我可以肯定，这样做一定可以让你们和我一样，在听完以后会感觉到惊心动魄；因为贝里赛尔师傅在向围坐在桌子边的朋友们讲这个悲壮并且真实的故事的时候，我就有这样的感觉。

“……那是大赦（实际上贝里赛尔的真正意思是‘停战’）之后的第二天。我妻子让孩子和我去维拉内夫拉加莱纳逛一逛，因为我们在那里有一座临水的木屋，自从巴黎被围困以后，我们就没有它的音讯了。可是带着孩子使我感到很担心。我害怕我们会遇到普鲁士人，因为我还不曾和他们打过照面，非常担心出事。但是，孩子的妈妈坚持要我这样做：‘去吧！去吧！也好让这孩子放放风。’

“诚实，这可怜的孩子也很需要出去透透空气了！因为他早已忍耐了5个月的围困和霉味。

“接着，我们俩就穿过田野上路了。孩子看到很久不见的树木和飞鸟，在耕耘过的田地里尽情地趟水。我知道他好像十分开心，但是我却没有那么好的心情；一路上处处可见带着尖顶钢盔的士兵，从小岛到运河，我看见的都是普鲁士士兵，而且大都蛮横无礼！如果不是我强忍着，早就和他们打起来了。

“可是，最使我怒不可遏的，是在我进入维拉内夫的时候，我看见我们漂亮的花园被他们践踢得一片狼藉，所有的房门都大开着，屋内被洗劫一空；这些强盗霸占了我们的家，他们在一扇窗户朝另一扇窗户大声叫喊，居然还把羊毛衫晾在我们的百叶窗和栅栏上。

“幸好孩子走在我的身旁。每当我攥紧拳头的时候，就看一看他，心里默念道：‘你太冲动了，贝里赛尔！……一定要小心，万万不能让孩子出事。’那个时候也只有这个孩子可以阻止我的冲动。一直到现在，我这才觉悟到为什么孩子的母亲非得要我把他带在身边。

“在小镇尽头的堤岸上，右边的最后一幢木屋就是我们的家。它和其他房子一样，从里到外都被洗劫一空：没有剩下一件家具，没有残留下一块玻璃；余下的就只是几只草靴和大扶手椅的一只脚在壁炉里噼里啪啦作响。普鲁士人的气息到处都是，但总是看不到他们的身影……但是，我感到地窖里似乎有什么东西在晃动。我的一张小型工作台就在那里，星期天我喜欢在工作台上摆弄摆弄。因此，我让孩子在外面等我，自己就下去想看个究竟。

“差不多就在这个时候，地窖的门被打开了，一个身材魁梧的杰奥姆国王的士兵醉熏熏地从刨花上站起来，咆哮着向我扑来，他嘴里说着一大堆我听不懂的脏话，两眼暴突。这畜生在喝醉之前心情一定不好，因为还没等我开口说第一个字，他就开始拔出军刀……

“就在这个时候，我全身的怒气翻涌了上来，积累了一个小时的怒火一下子喷涌燃烧起来……我抓起工作台上的铁夹，猛地向他砍去……各位朋友，你们能体会到贝里赛尔的手腕和平日里一样有力吗？老实说那一天，我的手臂好像是有着雷霆万钧般的力量……我就是打了一下，那个普鲁士人便不再张牙舞爪了，他直挺挺地倒了下去。我感到他仅仅是昏过去了。啊！实际上呢？……他被我打死了，孩子们，我干得实在是完美极了，应该说得上是干净利落！

“我从来都没有杀过人，即使连云雀都没杀过，看着躺在前面的这副魁梧的躯体，我感到很有意思……

“实际上，他是一个英俊挺拔的金发小伙子，刚长出的络腮胡子微微卷曲着，如同岑木的刨花。我看着他，双腿一直不住地发抖。这个时候，可能孩子在上面等得有些着急了，我听到他声嘶力竭地喊着：‘爸爸！爸爸！’

“道路上有普鲁士人走过的声音，从地窖的气窗也能看到他们粗壮的小腿和军刀。我立即想到：‘要是他们进来的话，那孩子就完了……我们全部都会被他们屠杀掉的。’这个念头一闪而过，我立刻镇定下来。我马上把普鲁士人拉到工作台下面，把一切能找着的刨花、锯屑、木板都堆在他身上，这以后就上去找我的孩子。

“‘我来了……’

“‘您的脸色怎么这么苍白呀！……爸爸，您到底怎么了？’

“‘走吧，走吧。’

“我向你们发誓，不管那些如同哥萨克人般野蛮的普鲁士士兵如何斜眼看我、推搡我，我也不会反抗。我总是能感觉到有人在我们身后叫喊、奔跑。有一次，我听见一匹马快速地向我们跑来，吓得浑身直打哆嗦，眼看就要摔倒在地上。

“但是，过了那几座桥以后，我便安定下来。圣德尼四处都是人，在人群之中我们是不会有被逮捕的可能的。这个时候我又想到我们那幢悲惨的木屋。普鲁士人如果找到了他们的同伴，肯定会放火将木屋烧掉来作为报复的手段的；还有我的邻居渔警雅各，他是留在镇上的唯一的一个法国人，那个士兵就在他家附近被害，一定会给他带来很多麻烦的。说一句心里话，就如此逃走了，确实算不上什么好汉。

“我应该起码设法将尸体解决掉……我们距离巴黎越近，这个念头就越是在我的脑海中纠缠。不行，我很担心就这样把死掉的普鲁士人留在地窖里会出麻烦。因此，当我们来到巴黎城墙边的时候，我再也拖不下去了：‘我还要到圣德尼去办点事情。’我对孩子说，‘你先回去吧。’

“说着，我吻了他一口，接下来就朝回走去。孩子不在身边，我觉得没有负担，我的心跳得有点快，但这已经没有什么关系了。

“我回到维拉内夫的时候，天色已经渐渐黑了下来。你们能够想象得出来：我睁大眼睛，从空地一步一步地朝前走去。可是，小镇好像一片死寂。我看到木屋还在那里，被笼罩在暮霭之中。堤岸边有一条长长的‘黑色栅栏’，在那里普鲁士人正在点名。屋子里一定没有人，这是一个很好的机会。我靠着篱笆向前走，看见雅各老爹正在院子里晾捕鱼的网罩。

“很明显，这事还没有被人发现……我瞧瞧溜进了木屋，摸黑向地窖走去。那个普鲁士人依旧躺在刨花下面，竟然还有两只硕大的老鼠在啃咬他的钢盔。我能够听见钢盔的护颏在动，这让我既自豪又恐惧。有那么一时间，我感觉尸体好像是要活过来了……那是不可能的！他的脑袋又重又冷。我躲在一个角落里，等待着；我准备等其他人都睡着了以后，把尸体扔到塞纳河里……

“我不知是不是因为坐在死人边上的原因，那天晚上普鲁士人的归营号似乎十分的凄凉。那响亮的军号三声一组，和癞蛤蟆发出的声音没有太大的差别，嘀嘀嗒——。那些普鲁士士兵应该不会在这样的军号声中进入梦乡的……

“5 分钟以后，我听到敲门的声音和军刀拖在地上的声音；紧接着，有士兵走进院子，高声嚷道：‘霍尔曼！霍尔曼！’

“不幸的霍尔曼正僵硬地躺在刨花下面呢……是我让自己变得老朽了！……我时时刻刻都想象着他们走进地窖。我握死者的军刀，静静地守在那里，默默地对自己说道：‘你这小老头……假如你今天能逃过这一劫，就应该到贝拉维尔教堂为圣巴迪斯特神像点上一大支蜡烛！……但是，那些强盗们喊够了霍尔曼，没人答应，他们于是决定回去了。我听见他们笨重的靴子踏在楼梯上，没过许久，整个木屋便像是乡村大钟一样鼾声大作了。我等待的就是这一刻，终于可以出去了。

“河岸上没有一个人，所有房屋的灯都熄灭了。太好了！我快速回到地窖，从工作台下把霍尔曼拖了出来，让他立起来，扛在我的肩膀上，就好像是脚夫扛着背货架一样……这家伙还真沉！……我感到有些恐惧，再加之从早晨到现在还没有吃一点东西……我想我一辈子也不可能有力气将他背到河边。一会儿，就在我来到河堤中间的时候，感到自己似乎是在被人跟踪。我转过身看，一个人都没有……原来是月亮升起来了。我暗示自己‘再等一会儿，小心……哨兵会开枪的。’

“比较麻烦的是，塞纳河的水位很低。假如我把他扔在水边，他就会留在那里，好像是留在洗脸盆边上一样……我继续向前走，走进河床……依然没有水……我再也没办法坚持了，全身的关节好像都被卡住了一样……最后，我觉得走得已经够远了，于是便放下了那个家伙……去散步吧，可是尸体却陷入了泥沼之中，没有什么办法可以让它动弹。我推呀，按呀……吁——还好；这个时候刮起了东风，塞纳河的水变得无比凶猛。

我看到尸体在逐渐往下游漂。一切顺利！我呛了一口河水，飞速地回到岸上。

“我再一次经过维拉内夫桥的时候，发现塞纳河中央有一个黑乎乎的东西。从远处看，就好像是一条无底的小船。那就是被我扔下去的普鲁士人，现在正顺流而下呢，朝着阿让特伊方向漂流。”

巴黎的农民

这些人在香普洛赛过着幸福、美好的生活。他们的鸡舍就在我的窗户下面，那一年中有6个月的时间，他们的一部分生活融入了我的生活中。天刚蒙蒙亮，我就听见男人走进马厩，拴好马车，出发去科尔贝伊卖蔬菜；没过多久，女人也起床了，叫母鸡出笼，给奶牛挤奶，为孩子们穿上衣服。一个上午，只听见大大小小的木鞋沿着木头楼梯上上下下。到了下午，一切都静了下来。父亲下田去了，孩子们去上学，母亲则是坐在院子里，在门前做针线活，或者一声不吭地忙着晒衣服，同时顺便照顾最小的儿子……当有人从门口的小路经过时，她便一面缝缝补补，一面和那人聊上几句……

那还是在8月份的时候，有一次，我听见女人对一个邻居说：

“得了吧，普鲁士人！……他们难道还真的攻进了法国不成?”

“若望大妈！他们已经到夏隆了……”我隔着窗户朝着她喊道。

她听了我的话不住的笑着……在塞讷瓦兹省这个偏远的角落，农民们说什么也不会相信有敌人入侵的。

可是，天天我都可以看到载满行李的马车路过。有钱人是一个接着一个地关上了家门。在这个白昼逐渐变长的美好的月份，篱笆门紧闭着，花园里的花儿不再美丽鲜艳，里面没有一个人，死气沉沉……渐渐地，我的邻居们开始慌张起来。每当村里有人离开，他们都会锁紧眉头。他们感到自己被抛弃了……

到最后，一天早晨，宣读公告的鼓声传遍了村子的每个角落！镇政府发出了命令：为了不留下任何东西给普鲁士人，所有的草料和奶牛都一起运到巴黎去出售……男人出发去巴黎了，这是一次悲惨的旅途。铺着石板的公路上，驮着家具的马车精疲力尽地鱼贯而行，混杂在马车队伍中间的猪群和羊群惊恐万分，还有被绳索拴着的公牛在马车上哞哞直叫；公路边上，穷人们推着小推车，沿着路沟走着，车上装满了破败的安乐椅、破旧的家具、镶着印花布的镜子，还有帝国时期的桌子。人们可以感觉到，一个家庭在遇到怎样的灾难时，才会卷起这些尘土，搬运这些老古董，而且要成堆地拖着它们在公路上行走。

在巴黎城门前，人群把那儿围得水泄不通，必须排两个小时以上的队才可以进城……这个时候，无奈的男人紧紧依偎着他的奶牛，恐慌地看着积满污水的壁壕、日见高筑的工事、城墙上的炮眼，以及在路边被砍倒的枯死的意大利杨树……夜里，他一脸沮丧地回到家里，把看见的一切告诉了妻子。妻子十分担心，打算明天就走。

但是，日子一天又一天过去了，出发的时间总是在往后拖延……要么是还有一块地要收割，要么就是还有一块地要耕耘……不知道是否还有时间把葡萄酒酿好藏起来？还有就是，他们的内心深处依然抱着一丝渺茫的幻想：也许普鲁士人不会从他们这里经过。

一天夜里，他们被一声可怕的爆炸声给惊醒了。科尔贝伊大桥让敌人给炸毁了。村里的男人们跑来跑去，挨家挨户地敲着门：

“快逃呀！枪骑兵来啦！枪骑兵来啦！”

赶快逃！快点，快点，他们为睡眼惺忪的孩子穿上衣服，套上马车，和几个邻居一块儿抄近道逃走了。他们爬上山坡时，教堂的钟敲了三下。他们最后一次深情地回头望着自己的村庄。他们再熟悉不过的小道、牲口的饮水槽、教堂前的广场——这一条在葡萄树之间穿行，那一条往下通往塞纳河，这一切对他们来说好像已变得很遥远。

在白色的晨雾中，这座被人们遗弃的小村庄将所有的房屋都死死地拥抱在一起，好像是在为一场马上将要到来得可怕的灾难战栗着。

然后他们来到了巴黎，住在位于一条萧瑟大街的公寓里。公寓在五楼，是一间两居室。男人还算是比较幸运的：别人帮他找到了活儿干；而且，他参加了国民自卫队，要操练，要上城墙，可以自我消遣，忘却他那尚未播种的草地和空空的粮仓。相对于男人而言，女人心里却是更加寂寥，她不知道如何是好，感到忧郁、伤心。她的两个大女儿进了学校，在这所阴森森的走读学校里没有花园，姑娘们感到气闷，她们相当怀念乡下修道院美丽的寄宿学校，那里就好像是一个蜂箱，成天充满了欢快的声音；还有每天早晨上学时必经的穿越树林的半里路，也充满了无限的快乐。

母亲感受到她们的闷闷不乐，心里也觉得很不是滋味，不过最使她放心不下的还是小儿子。在乡下，他总是跟着母亲到处跑来跑去，一会儿在屋里，一会儿在院子里，和她一样不停地从门槛的踏脚上蹦进蹦出，将红嫩的小手泡在洗衣桶里；她织毛衣的时候，他就坐在门边休息。但是在这里，不仅要爬五层楼，而且楼梯还很黑，很容易绊脚，燃在小巧壁炉里的火苗是如此的无力，窗户又那么高，天边总是一片阴霾，向外望去只有一片阴湿的石板屋顶……

一开始他能够到院子里去玩耍，可是看门的人却不同意。这些看门人，又是城市的一大“发明”！在乡下，每个人都有自己的一片天地，村民们都是自己家的主人。家门成天都是开着的；夜里只要拴上粗大的木头门栓，所有的房屋就可以高枕无忧地安睡在乡村漆黑的夜色之中，人们也可以安然入梦。偶然会有一条狗望着月亮吠叫几声，可是也没有人会去关注它……

可是在巴黎，在这些穷人住的房子里，看门人便成为真正的主人。小男孩不敢一个人下楼，因为那个恶毒的女人使他感到有些害怕。她为了逼迫他们把山羊给卖了，就找理由说山羊将果皮和麦秆带到院子的石板夹缝中间了。

为了使忧郁的儿子快乐起来，可怜的母亲已经用尽了全部的力量了；

一吃完饭，她就帮他穿上衣服，好像是要去田间一样，牵着他的手，沿着大街散步。孩子感到忧伤、害怕、茫然，对四周的事物差不多看都不看。他就只是对马有兴趣，那是他唯一能认出来的，而且可以使他开心的东西。母亲也是同样，对一切事情都不感兴趣。她缓缓地走着，想着她的房屋和财产。看到她们两人走过，看着她老实的面容、干净的穿戴、光亮的头发，看着她儿子圆圆的脸庞和肥大的套鞋，人们可以辨别出这是一对流离失所、背井离乡的母子，他们的所有心思都放在思念乡村清新的空气和僻静的小路上。

记事员

“哇……多么大的雾呀！……”这个家伙一上街就这么说。他立刻将大衣的领子翻起，再用围巾将嘴巴裹得严严实实的，低下头，双手插进裤子的后袋里，吹着口哨，向办公室走去。

这无疑是一场大雾。走在街上，这雾还不算什么；在市中心，积雪持续的时间比大雾更久。屋顶会把它扯开，墙壁会将它吞没；打开房门，雾便在房子里不见了，楼梯因此会变得更滑，扶手也是湿润的。来往的行人、穿梭的马车——这些一大清早便行色匆匆的贫穷的行人——会把大雾切碎、驱散、带走。雾水落在短小细窄的办公服上，商店女营业员的雨衣上，轻盈柔软的面纱上，以及很大的油纸箱上。但是，在还没有人迹的大桥、河岸、河堤、河流之上，大雾就显得厚实、沉重，纹丝不动；太阳在这雾气中升起，挂在圣母院后面的天上，就好像是夜灯透过磨砂玻璃灯罩发出的光亮。

即使风大雾大，这个男人却依旧沿着河岸，向办公室走去，他天天都有这样的习惯。说实话他是可以走另一条道路的，可这河就像是对他有一种莫名的吸引力一般。每每在河岸长长的护墙边走着，或者是紧挨着被散步者的胳膊肘磨旧了的石头扶手前行时，他总是会觉得很快乐。

在现在这样的天气情况之下，一般是很少有人来散步的。走着走着，他会遇到一个背着衣物的妇女，靠在护墙边上休息；或者是一个穷汉，脑袋支在臂肘上，神情忧郁地探身看着河水。每次走过，男人都会回过头来，好奇地看看他们，再看看他们身后流淌的河水，好像在他的脑子里，有一种奇特的思想把这些人和这条河合为一体。

今儿个早晨，河流好像不怎么令人愉快。从波浪中冉冉升起的雾气，就好像让它变得沉重。房子的屋顶则让河岸显得阴沉昏暗，所有那些歪歪斜斜、高高低低的烟囱都倒映在河水中间，相互交错，冒着浓烟，令人忍不住想到塞纳河深处某个不知名的工厂，正悲伤地把它全部的浓烟化为大雾，送到巴黎。但是，我们的这位男人好像并不认为眼前的情景让人忧伤。潮气浸遍了他的全身，他的衣服上再也没有一处是干燥的了！

他依旧吹着口哨走路，嘴角还带着愉快的微笑。长期以来，他对塞纳河上的雾已经司空见惯了！另外，他知道到了办公室以后，会有一双包着厚厚毛皮的暖脚套和一只嗞嗞作响的火炉在等着他，还有火炉上被烧得热烘烘的小铁板，他每天早晨都会用这铁板做饭。这就是小职员的幸福。只有那些注定要在办公室的一角度过一生的可怜的小人物，才能享受到这种牢狱般的幸福。

“千万要记得买土豆。”他总是不断地提醒自己。他依旧吹着口哨，却加快了脚步。您肯定从没见过有谁会像他那样快乐地去上班。

天地间，水雾濛濛，一片苍茫。在泥泞的小路上，只有他一个人，就好像是茫茫大海上一叶扁舟，没有人掌舵，漫无目的地游荡着。他全身湿漉漉的，不断地打着冷战。寂寥的旷野，连个避雨的地方也找不到，他只好继续朝前走。除了河岸还是河岸，然后就是一座桥。现在他来到了圣母院的背后。在岛的顶端，雾比之前任何时候都要浓厚。同时来自三个方向的雾气，淹没了教堂的半个钟楼，聚集在桥的一角，似乎是要隐藏什么东西。男人在这儿停了下来；他到了。

一些昏暗的影子隐隐约约可以看得见，有人蹲在人行道上，貌似在等待什么；小贩早已铺开了货摊，好像是在街心花园或救济院的栅栏前一般，上面放满了一排排饼干、橙子和土豆。噢！多么可爱的土豆呀！在雾气里它是如此滑润、如此新鲜……他一面往衣袋里塞土豆，一面冲小贩微笑；小贩把双脚搁在脚炉上，但是还是冻得浑身发抖。之后，他在雾中推开一扇门，穿过一个停着一辆套好的大车的小天井。

“有什么东西给我们吗？”他走过的时候问道。

赶车人满身雾水，回答说：

“有，先生，而且是好东西。”因此，他匆忙走进办公室。

那里才暖和才舒服呢。火炉在角落里嗞嗞作响，暖脚套放在原来的位置上，小扶手椅在窗边的光亮处等待着他。大雾就好像贴在窗前的帘子，使得光线变得柔和而又均匀；书架上，有着绿色书脊的厚厚记事卷宗，整齐地排列着。这简直就是一间公证人的办公室。男人吸进一口气：他到家了。

在开始干活之前，他打开一个大柜子，从里面拿出一双塔夫绸袖套，认真地戴上；又拿出几块咖啡糖和一个红土盘子；之后他自足地打量着四周，开始削土豆。事实上，没有人可以到一间比这儿更明亮、更快乐、更有序的办公室了。它的特别之处是潺潺的水声，它包裹着您，围绕着您，不管在哪里都能听到，让您感受到好像置身于一艘船的船舱里一般。

窗子的下面，塞纳河低吼着，撞在桥拱上，在这挤满了桩基、木板和漂浮物的小岛顶端，把泛着泡沫的波浪撕开。而在这房子里，在办公室的周围，却是成罐的水被倒出的流淌声，还有大清洗的嘈杂声。不知道为什么，只要您听见这水声，便会吓得心惊肉跳。您可以感受到它拍打着坚硬的地面，在大理石桌上或宽大的石板上反弹起来，这些让它听起来越发寒冷。

这幢怪异的房子里到底有什么东西需要如此清洗呢？这难以去除的污迹到底是什么呢？有的时候，流淌声会停止，房子深处就会传来滴滴答答的水声，好像是坚冰融化或大雨之后一样。您可能会以为这是聚集在屋顶和墙上的雾气，被火炉烘烤的融化成水，不断地滴落下来。

男人对这些毫不关心。他专心致志地凝视着他的土豆，这些土豆散发出红糖的清香，已经开始在红土盘子里歌唱了，悦耳的歌声使他听不见那低沉的水声。

“书记员，请过来一下！……”一个嘶哑的声音从房子尽头的房间里传了过来。

他瞧了瞧土豆，带着满脸的遗憾走开了。他去哪里？透过稍微打开那么一分钟的房门，吹进一阵寒冷、乏味、夹带着沼泽和芦苇气息的风，恍惚之间，能够发现一些褪了色的外套、短工作服，还有一条垂直悬挂的袖口还滴着水的印度棉长裙，好像是一群被拴在绳索上晾干的一样。

倏地，一朵小小的花苞，在风的撕扯中，带着无比的眷恋，恋恋不舍地离开了枝头。他心头没来由的一颤，伸出双手，牢牢捧住那娇小的身躯。这小小的花蕾，还没来得及绽放生命的灿烂，就如此早早地凋零了。

现在他办完事情了，回来了。他将几件被水淋湿的小物件放到桌上，发抖着回到火炉前，暖一暖冻得通红的双手。

“这鬼天气，她们一定是疯了……”他一边打颤，一边絮叨着。

“她们到底是怎么了？”

等他暖和过来，糖块也开始在盘子的边沿结成小珠，于是他在办公室的一个角落里吃起了早饭。他一边吃，一边打开一本卷宗，饶有趣味地翻阅了起来。这本厚厚的卷宗记载得可真好！一行行笔直整齐的文字，抬头用蓝墨水写成，金粉闪烁着微弱的光芒，每一页都用吸水纸吸过，显得又细心，又有序……

生意看起来还不错。这个正直的男人看上去很满意，如同一个会计看到一份优秀的年终报表一样。他正在仔细地一页页翻着卷宗，看起来十分高兴；旁边大厅的门被打开了，传来一群人走在地砖上的脚步声；有一些人压低了嗓门在说话，就好像在教堂里一样：

“噢！她多么年轻呀……真是可惜了！……”

人们一边向前挤，一边窃窃私语……

她很年轻，这和他有什么必然的联系吗？他平静地吃完土豆，把刚才带回来的东西拿到面前：一个布满沙土的骰子；一个装有一文钱的钱袋；一把锈迹斑斑不能再用的剪刀——噢！肯定不能再用了；一本纸张都相互粘在一起的女工手册；一封字迹已经模糊的破碎的信，只有几个字能看得清楚：“孩子……没有钱……哺乳月……”

记事员耸了耸肩，似乎是在说：“这我见多了……”边说着，他边拿起一支笔，认真吹走卷宗上的面包屑，摆了个姿势，以便让手放得更舒适些。接下来，他用最漂亮的浑圆字体，写上刚从手册里辨认出来的名字：“菲利丝·拉莫，金属上光女工，17 岁。”

最后一本书

“他已经去世了！……”有人在楼梯上跟我说。

这几天以来，我总是隐隐有一种预感：这个令人悲伤的消息可能会随时到来。我知道，我随时都有可能会在门前听到这个噩耗；但是，当我真正的听到这个噩耗的时候，仍然觉得很震惊。我怀着十分沉痛的心情，嘴唇哆嗦地走进这位作家十分破旧的房子。书房占了他房子的大部分空间，主人的书被摆放在屋子里最明亮、最舒适的地方。

他就静静地躺在那里，躺在那张很矮很矮的铁床上。桌子上堆满了稿纸，死神来得是如此的突然，以至于最上面的那张稿纸只写了半张就中断了，他的羽毛笔还依然插在墨水瓶里。铁床的背后有一个很高的橡木柜子，里面堆满了各种废纸和手稿，柜子的门虚掩着，差不多就要碰到了他的头顶。

周围全部是书，除了书还是书，搁板上、桌子上、椅子上、墙角边的地上，以至于床脚旁；到处都是。他坐在书桌前面写作的时候，这种拥挤、凌乱但又井井有条的情形一定是非常好看的：从中我们也可以感受到生命的活力和工作的热情。但是，在死者的房间里，这样的拥挤和凌乱却让人倍感凄凉。所有那些可怜的书籍都成堆地倒塌下来，好像早已经准备好要离开，消失在任何一家大型图书馆里，或者是散落在沿河马路边或书摊上等待被出售，任由清风和闲逛的人们乱翻。

我在床边亲吻了一下他，然后站起身来望着他，他那石头般冰凉而又沉重的额头让我震惊。忽然，门开了。一个书店的伙计背着一袋书籍，气喘吁吁而又兴高采烈地走了进来，把书搁在桌子上。那些都是刚刚印刷出来的新书籍。

“这是布神兰书店送过来的。”他大声地说着。

然后，他忽然看到了铁床上躺着的人，于是退后了一步，摘下帽子，静静地走了。

这次布神兰书店送书也太具有讽刺意味了：病人一直焦急地等待着，但新书却迟到了一个月，等寄到的时候他却早已经不在人世间了……可怜的朋友啊！这是他写的最后一本书，也是他寄予最大希望的一本。即使他的双手早已经因高烧而不断地颤抖，但他在用这双手校稿时依旧是那么仔细！他是多么希望能尽快拿到第一本样书啊！

在那最后的日子里，他已经没有办法说话了，可他的眼睛却仍旧一直盯着房门；如果印刷厂的工人、监工、装订工，所有那些为这个人的书籍而被雇用的人，能看到他那焦急而期盼的眼神，他们的双手就一定会加速工作，文字就会更快见诸版面，就会更快一些装订成册，以确保书能够按时地送达，让临终的他在新书的墨香和整洁的文字中，心满意足地找回那份在他身上逐渐黯淡的思想。

对于作家来说，就算在他生命力最为脆弱的时候，出版新书也是他们永不厌倦的幸福。翻开自己作品的第一本样书，看到那些浮雕般的铅字，而不再是混乱蠕动的大脑中模糊而不清楚的东西时，这是多么舒心的一种感觉！这样的感觉会让年轻的您头晕目眩：书中的文字闪耀着、舒展着，变成绿色、黄色，就好像阳光洒满了整个脑袋。

马上，在这发明家的快乐之中渗入了一丝哀愁，一种没把想要说的话全都说出来的遗憾。作家心中的作品永远要比写出来的更美妙。在这从大脑到双手的旅途之中，会丢失多少美妙的东西啊！向梦境深处望去，书的精髓就如同那地中海里美丽的水母，如同漂浮的色调掠过海面；而一旦到达沙滩上，它就只不过是几滴水，几滴很快就可能被风吹干的五色的水珠。

可惜！这个可怜的人没能够从他最后的作品中得到任何东西：没有得到那种快乐，也没有得到那种幻灭。看着他那沉重而没有一丝生机的脑袋睡在枕头上，旁边堆着崭新的书籍，这情形真让人难受！

那本书将会被放到商场的橱窗里，混合在街头的喧闹和白天的生机里面，人们机械地读着书的标题，把它和作者的名字一起带入记忆、带入眼帘的深处；作者的姓名将会留在市政府的死亡名单上，可它却那么欢快、那么明丽的印在浅色的封面上。灵魂与肉体之间的矛盾好像在这里得到了充分的展现：这具僵硬的躯体即将被人们遗忘，而这本书也将与躯体剥离，就像一个看得见的、活生生的、也许是不朽的灵魂……

“他答应过给我一本样书的……”一个哽咽的声音在我的身边轻轻地说道。我转过身，看见了一双金丝眼镜在后面四处搜寻。这双炯炯有神的眼睛我认识，您也知道，甚至所有的作家朋友们都知道。他是一位藏书爱好者。一旦您的著作宣布出版，他就会按响您家的门铃，虽然两声短促的铃声很胆怯，但却特别地坚决，就如同他这个人一样。他笑嘻嘻地走进门，谦恭地围着您转来转去，称您为“亲爱的大师”，直到拿到您最近的新书才会离去。而且他就只要最近出版的新书！其他的他全都有，就缺这一本。您能有什么办法来拒绝他？他来得是如此的恰到好处：您正沉浸在我刚才所说过的那些快乐之中，沉浸在忘乎所以的赠书、题词之中，他恰恰在这个时候找到您，让你没有办法拒绝。

啊！这个可怕的家伙！不管是生硬的面孔、闭门羹，或着是刮风下雨、路途遥远，什么都不能让他退缩。早晨，在蓬普街人们还看见他轻敲帕西老人的小门；晚上，他又从马尔利回来，胳膊下夹着萨尔都的最新剧本。就是这样，他每天跑来跑去地搜寻着新书，虽然不做其他任何事，但这却让他的生活变得充实，而且他还一分钱不花地充实了他的书架。他对书籍的狂热绝对是强烈至极，所以这才会来到死者的窗前。

“嗨！拿去吧，你要的样书。”我很不耐烦地对他说道。

他不是拿，甚至可以说是贪婪地吞下去的。他深深地把书装进衣袋之后，仍旧纹丝不动地站在那里，一句话也不说，脑袋耷拉在肩上，感动地擦着眼镜。他在等什么？他为什么要留下来不走？或许是羞耻让他不好意思立刻就走，似乎他来就是为了要一本书似的？

根本不是！

他看到桌子上打开一半的包装纸里装着一些供藏书爱好者收藏的书，书芯的切口很厚，书沿还没有裁齐，留着宽大的白边、花饰和尾花；虽然他表面上装出一副正在思考的模样，但是他的目光和心思全部都在那些书上……他贪婪地盯着它们，可恶的家伙！

可这恰好是观察者的癖好！我任由自己从悲痛的心情中分出神来，透过盈眶的热泪，注视着这出正上演在死者床前的伤心喜剧。慢慢地，藏书者神不知鬼不觉地靠近桌子。他的手仿佛在无意中放到了一本书上；他将它翻转过来，打开，摸了摸纸张。他的眼睛逐渐发亮，血液也涌上了脸。书的魔力在他身上起作用了。终于，他忍不住了，于是就拿了一本："这是给德·圣伯夫先生的。"他小声对我说。

他头脑有些慌乱，心神不安，又担心别人把书要回去，或许还为了让我相信书的确是要送给德·圣伯夫先生的，他带着一种难以形容的庄重和严肃的表情，补充道："就是法兰西学院的那位！……"

话音刚刚落下，他就不见了。

亚 瑟

几年以前，我住在香榭丽舍大街旁、杜兹美颂巷的一座小房子里。不妨想象一下，那里是靠近郊区的一个偏僻角落，淹没在宽阔且有贵族气派的大街中间，这些大街冷清而寂静，感觉就只有坐马车的人才经过那里。不知道是主人突发奇想，还是哪个小气鬼或老顽固有什么怪癖，这么一块空地被留在这个漂亮街区的中心，空地的小花园杂草丛生，低矮的房屋歪歪扭扭，楼梯都建在室外，木头阳台上四处是摊开晾晒的衣服、瘦得只见骨头的猫、关兔子的笼子，还有被驯养的乌鸦。几户工人、一些靠微薄年金度日的食利者住在那里，还有一些艺术家——只要有树生长的地方就有艺术家，此外还有两三幢带家具的出租房，它们看上去肮脏不堪，这些污垢仿佛是因为几代人的贫穷而积累下来的。

空地的周围，是喧闹嘈杂、流光溢彩的香榭丽舍大街；街上的车轮不停地滚动着，可以听到马儿轻盈的步伐声和马鞍清脆响亮的撞击声，马车过后大门重重地关上，门被马车震得颤动不已，沉闷的钢琴声和玛碧曳舞厅的小提琴声从远处传来，有着圆形拐角的大饭店无声地矗立在地平线上，浅色的丝绸窗帘给饭店的窗户增添了一丝细腻的情调，高高的无锡汞镜照耀着水晶吊灯的镀金支架和花架上的奇花异草……

这条黑暗的杜兹美颂巷只有一盏在巷口的路灯照明，它如同周围漂亮布景的后台。所有浮华背后的衬托全都隐藏在这里：小丑的背心、仆役制服的饰带、一大群过着放荡生活的英国马夫和马戏演员、两个赛马场的马车夫副手，还有他们的孪生小种马跟广告牌、木偶、羊车、卖蛋卷的女贩子，还有好几群盲人；这些盲人每天晚上回来，肩上背着帆布马扎、手风琴及其木碗。当我住在巷子里时，有一个盲人居然还结了婚。所以我们领教了一整夜空幻而奇怪的音乐会：有双簧管、单簧管、手风琴、管风琴演奏出不同而单调的曲调，让人好像是将巴黎全部的桥一一浏览过来……

然而，平时的小巷还是很安静的。那些在街头流浪的人只会在夜雾弥漫时才拖着劳累的身躯回来！只有在每个星期六才会发生吵闹，那天是亚瑟领工资的日子。

亚瑟是我的邻居。我的屋子隔着一道篱笆墙就是他们夫妇租借的房子。所以，即使不是我所愿意的，但他们依然渗入了我的生活；每个周六，我都要一字不漏地听一遍发生在这户工人家庭里那令人害怕的巴黎式悲剧。

每一个悲剧的开始总是一样的：女人在做晚饭，孩子们围着她转悠，她一面忙碌，一面细声跟他们说话。7 点钟，8 点钟，连丈夫的人影都没有……随着时间的流逝，她的声音开始变化，话语中带着哽咽，语气也越来越烦躁。孩子们饿了、累了，便开始埋怨。男人依然没有回家。于是全家人不等他，把饭吃了。在孩子们躺下睡着之后，她来到木头阳台上，我听到她低低抽泣着：

“噢！流氓！流氓！”

回家的邻居们看见她在阳台上，都感到同情。

“快睡觉去吧，亚瑟太太。您知道他不会回来了，今天是发工资的日子。”接着便是形形色色的劝告和嚼舌。“我要是您的话，就会这样做……您怎么不跟他老板说呢?”

然而同情的话只会让她哭得更加厉害；可是她还是怀着希望，坚持等候，并在心中暗暗恼火。邻居关上了房门以后小巷回复了平静，她以为只剩下了自己一人，便用胳膊肘支着身体站在那里，全部的心思都汇集在一个想法上，自言自语地大声倾诉她的愁苦，语气中带着一丝放任，一生中有一半时间在大街上度过的百姓才会有的放任。她说到拖欠的房租、令她心烦的商店老板、不愿意再卖面包给她的面包店主……

如果他依然分文不剩地回家，那她该怎么办？她计算着时间的消逝，等待着迟到的脚步。最终，她感到累了，回屋里去了。过了很久，当我认为一切都已结束时，有人在距我很近的走廊上咳嗽。她还在那里，这个倒霉的人：担心促使她又回来了，她的双眼死盯着漆黑的小巷，看到的却只是自己的忧伤。

大概是1点，还是2点，或者更晚一些，听见有人在小巷的头上唱歌，那是亚瑟回来了。他经常让一个同伴陪他回家，直到把他拖到自己的家门口："来吧……来吧……"就算是到了家门口，他依然晃悠着，不知道是否该回家，因为他很清楚家里有什么在等着他……睡梦中的房屋特别安静，因而他上楼梯时的脚步显得更加沉重，这让他觉得很难堪，好像对自己的行为感到后悔。他在每一个房间门前停下，独自高声说："晚上好，威伯太太……晚上好，玛帝里太太。"要是没有答案，他就开口大骂，直到全部房门和窗户都打开，从里边传出回敬的诅咒声为止。一切是他想要的。他喝过酒以后，就是喜欢喧嚣和争吵。而且，这样一来，他便会感到怒气冲冲、热血沸腾，踏进家门时也不这么害怕了。

回家的场面特别恐怖……

"开门，是我……"

我听见女人赤脚在方砖上走着的声音，点亮火柴；男人一进门就结巴着企图编一个故事，而这故事总是千篇一律：同伴、冲动……东西，你知道……那个在铁路上工作的东西。女人根本不听他的：

"钱呢？"

"没有了。"亚瑟的声音回答。

"你骗人！……"他的确在骗人。即使酒精让他冲动，他总会留那么几文钱，在周一酒瘾来的时候用；而她想要的正是剩下的这部分工资。亚瑟挣扎着：

"我跟你说钱全被我喝光了！"他叫道。

她什么也不说，只是满腔愤怒，用尽全力揪住他，一边晃动着他的身体，一边翻找搜寻他的口袋。过了一会儿，我听到钱币在地上打滚的声音，女人扑上去，带着胜利的微笑。

“啊！你瞧。”

然后是一声咒骂和一阵低沉的殴打……这是醉鬼在报复。他一打起人来，就再也停不了手。他这些酒是在铁路道口的栅栏后面喝下的。现在，所有溶解在酒精里的暴躁和破坏欲全都涌上了他的脑子，马上就要爆发。女人尖叫，破屋里仅有的一些家具被砸得粉碎、到处乱飞，孩子们被惊醒，醒来就吓得放声大哭。小巷里的窗户全开着。人们在说：

“那是亚瑟！那是亚瑟！……”

亚瑟的岳父就住在隔壁的出租房里，是一个年长的拾荒者。有的时候，他会赶来帮助女儿；不过，亚瑟会把门反锁起来，使自己的行动不受干扰。于是，一段可怕的对话穿过门锁，在丈人和女婿之间展开，有些话我们听起来简直心惊肉跳：

“难道你蹲了两年的监狱还不够吗，你这个强盗！”老头叫道。

醉鬼用傲慢的语气说道：

“是的，我蹲了两年的监狱……可是那又怎么样？至少我把公司的欠债还清了……你倒是也试试把你欠的债也还清呢！……”

他觉得事情十分简单：我偷了东西，你们关我进监狱，这样我们就两清了……不过，要是老头揪着这一点不放的话，亚瑟会毫无耐心地打开房门，面对丈人、丈母娘，以及邻居们，像滑稽搞笑的意大利木偶一样，殴打所有人。

实际上，他并不是一个凶狠的男人。周日，也就是殊死搏斗后的第二天，酒鬼平静下来，没有钱再去喝酒，这个时候他常常会一整天都待在家里。

威伯太太、玛帝里太太、所有出租房里的人，大家都从自己家里搬出椅子，坐在阳台上聊天说话。亚瑟一副和蔼、智慧的样子，就好像是一名读夜校的模范工人。

他说话时的语调细腻而又平和，带着夸张的表情把四处听来的琐碎消息主张告诉给别人，什么工人的权利，资本的专制，等等。那遭受了他一夜殴打的可怜的妻子，现在变得更加温柔，正无比崇敬地看着自己的丈夫，并且不止是一个人这样望着亚瑟。

“这可是亚瑟啊，如果他愿意这样的话！”

威伯太太叹了口气低声说。然后，女人们让亚瑟唱歌……他唱起了德·蓓兰杰先生的《燕子歌》……噢！这满是喉音的歌声啊！

它带着虚伪的哭腔和工人傻傻的伤感……在用柏油纸搭起来的发霉的阳台屋檐下，透过晾晒在绳子上破烂衣物的缝隙，能够看到蓝天的一角；这一群以自己的方法期盼理想的穷鬼无赖，正转动着沾湿了泪水的双眼。

即使如此，可是这一切并不能影响亚瑟下个星期六继续喝光他的工资，殴打妻子；而在这些破旧的小屋之中，还生活着一群小亚瑟，他们等待的只是长到父亲那么大，来喝光他们自己的工资、殴打他们自己的妻子……

但是这些人却妄想要拥有世界！……啊！顽疾！就像我在小巷里的邻居们所说的一样。